HENRIETTE

Y^2

Clichy. Impr. M. Loignon Paul Dupont, et Cie, rue du Bac-d'Asnières, 12.

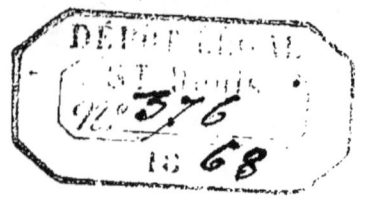

CHARLES DESLYS

HENRIETTE

HISTOIRE D'UNE FAUTE

PARIS

E. DENTU, ÉDITEUR

LIBRAIRIE DE LA SOCIÉTÉ DES GENS DE LETTRES

PALAIS-ROYAL, 17 ET 19, GALERIE D'ORLÉANS

1869

L'ABIME

I

LE DERNIER DES ERMITES.

La Suisse a son Gretna-Green, où, comme chez le forgeron écossais, on marie sans conteste tous les amoureux de bonne volonté. En allemand, *Freilieben*, libres amours.

C'est, ou plutôt c'était dans la délicieuse vallée de Schœchenthal, à deux heures de marche au-dessus de Burglen, qui vit naître, dit-on. Guillaume Tell.

Par une belle après-midi de l'avant-dernière saison, deux hommes suivaient ce chemin.

Un gentleman de haute taille et de fière allure. Trente-cinq ans environ. Déjà quelques filets blancs parmi sa brune chevelure et sa barbe fauve. Ses traits accentués dénotaient l'énergie, la bravoure. On remarquait sur son front la cicatrice à peine fermée d'une récente blessure. La loyauté brillait dans son regard. Sur sa lèvre, un fin sourire. Ce devait être un Français, mais un Français d'Amérique, un créole de la Louisiane.

S'arrêtant pour reprendre haleine, il dit à celui qui le suivait, un nègre :

— Eh bien! Yambo, comment trouves-tu notre nouveau pays?

— Notre pays! se récria le noir, avez-vous oublié déjà les rives du Mississipi?

Une mélancolique amertume se répandit sur la physionomie expressive du voyageur.

—Oui, murmura-t-il en répondant surtout à sa propre pensée, oui, c'est là que fut mon berceau. Ailleurs sera ma tombe. Ceux du Nord m'ont banni ; je me suis exilé... pour jamais ! Mais toi, Yambo, tu leur dois de la reconnaissance, ils t'ont fait libre.

— Libre de me donner à vous, maître.

La main blanche alla serrer la main noire.

Bientôt à Burglen, à l'hôtel de l'Alder, on prit une tasse de lait, relevé d'un peu de kirsch. Plus des renseignements sur la route de Frei-lieben.

L'aubergiste, un gros Suisse-Allemand, crut pouvoir se permettre cette plaisanterie :

—L'ermitage des Libres-Amours... Hé ! hé !... d'ordinaire on y va deux, comme vous, en ce moment ; mais l'autre n'est pas un nègre, c'est une jolie fille.

Le sourcil du créole s'était froncé. Le bonhomme comprit qu'il ne fallait pas se familiariser davantage, et, désignant un sentier qui s'en allait dans la montagne, il répondit :

— Voilà le chemin. Mes amitiés au père Ambrosio.

— Ambrosio? fit le voyageur, c'est bien ainsi qu'on m'a dit s'appeler l'ermite. Suis-je certain de le trouver là-haut?

— Où serait-il?... Mais si vous tenez à ne pas faire maigre chère, croyez-en mon conseil, emportez d'ici quelques provisions. Pauvre père Ambrosio! son petit commerce de mariages ne va plus guère !

Yambo reçut ordre de s'entendre avec l'aubergiste, tandis que son maître s'engageait dans l'étroit sentier.

Une charmante ascension, qui présente à chaque instant de magnifiques points de vue, sur les deux vallées, sur les deux rivières, sur le lac. De tous côtés, des montagnes vertes, rousses, bleuâtres ; çà et là, par les hautes brèches crevassant les grand rocs escarpés, des cascades, un torrent, quelque fraîche alpe en- châssée comme une émeraude dans une mon- ture de granit. Plus loin, quelque pic neigeux ; plus loin encore, la crête d'un glacier, mer- veilleux de transparence durant le jour, et qui, vers son déclin, s'allume et flamboie comme un phare.

Le sentier lui-même était charmant. Il ser- pentait à travers des prairies, des rochers, des sapins, des ruisseaux, des cascatelles. Un ma- gnifique coucher de soleil en augmentait en- core le prestige. L'étranger s'arrêtait, admirait. Parfois un cri d'enthousiasme s'échappait de ses lèvres ; parfois même une larme roulait sur sa joue. Il y avait en lui du poëte et de l'artiste.

Bientôt, sur une sorte de plate-forme adossée contre un bois, rafraîchie par les bassins d'un ruisseau qui s'y reposait comme à plaisir, un petit clocheton se montra, détachant son profil sur le ciel, non loin d'une première étoile dont il semblait l'éteignoir.

Le touriste, pressant le pas, ne tarda pas à découvrir l'édifice. Il ressemblait à ces ermitages de saint Antoine qu'on exhibe dans nos spectacles forains. Un petit chalet, un joujou, dans un état de délabrement notoire, accompagnait la chapelle, qui tombait elle-même en ruines. Ajoutez un jardinet presque à l'abandon, un bout de pré, dans lequel une grande chèvre maigre. Beaucoup d'incurie dans tout cela, voire même un peu de misère; mais dans un site si délicieux, au milieu d'une si riante nature, que l'ensemble égayait le regard. L'ermite pouvait être pauvre, assurément il n'était pas malheureux.

Depuis quelques minutes déjà, l'étranger le cherchait des yeux, lorsque, tout à coup, au milieu de ce profond silence de la montagne qui semble grandir à l'approche du crépuscule,

un cri de joie retentit, un cri de triomphe. Puis
il y eut un mouvement dans le taillis, au bord
du ruisseau. Puis enfin, un poisson, une truite
brilla, se débattant dans l'air au bout d'une
ligne.

L'instant était favorable pour se présenter.
Le visiteur s'annonça par une exclamation
d'appel.

Aussitôt le pêcheur accourut, non moins
vif, non moins frétillant que le poisson lui-
même.

Singulier personnage que celui-là. Figurez-
vous un petit vieillard tout rondelet, tout rou-
geaud, des yeux d'écureuil, le sourire d'un philosophe toujours content, toujours philosophe.
Sa robe était-elle brune, rousse ou grise ? on ne
savait plus ; il y avait des pièces de toutes les
paroisses. Retroussée par un coin dans la cein-
ture, elle laissait voir la jarretière sans boucles
d'une culotte noire, des bas en spirale et des

sabots à clous comme on en porte dans les
Alpes. Enfin, comme coiffure, un chapeau de
paille qui, rejeté sur la nuque, pouvait passer de
loin pour une auréole.

— Salut, monsieur l'ermite, dit l'arrivant.

— Le dernier des ermites, répondit gaiement
le père Ambrosio ; soyez le bienvenu dans son
ermitage.

Puis, se frottant les mains avec une mali-
cieuse bienveillance :

— Mais vous ne m'arrivez pas seul, je sup-
pose... où donc est-elle ?

— Qui, elle ?

— La fiancée... la conjointe... Vous n'igno-
rez pas, je présume, quelle est ma spécialité...

— Oui... mais je n'y aurai pas recours per-
sonnellement ; un autre désir m'amène.

— Quel désir ?

— D'abord, causer et souper avec vous.

— Causer... je ne demande pas mieux, car

je ne cause d'ordinaire qu'avec les nuages. Mais souper!... voilà le *hic*! Pour toute provision, une truite pas grosse, un radis noir, quelques pommes de terre cuites sous la cendre... et l'eau claire du ruisseau. C'est maigre!... un vrai repas d'anachorète. Nonobstant, je vous l'offre de grand cœur.

— Merci, père Ambrosio. Votre table ne sera pas aussi frugalement servie. J'y ai pourvu. Voyez.

Il désignait Yambo, qui venait d'apparaître au détour du sentier, portant sur l'épaule une grande manne d'où ressortaient quelques goulots de bouteilles.

— Ah! fit naïvement l'ermite, j'aime mieux ça. Entrons.

Des brins d'osier rattachaient la porte du chalet. Quelques jeunes troncs de sapin, des béquilles, étayaient la toiture, qui ne se soutenait plus que par un miracle d'équilibre. Vers le

1.

milieu de l'unique salle, une planche clouée sur des pieux ; c'était la table. Un banc du même genre ; deux escabelles boiteuses, voilà les siéges. On pouvait en augmenter le nombre, grâce à des fagots de sapin amoncelés vers la droite. A gauche, derrière une serpillière en lambeaux, un lit de fougère. Pour compléter l'ameublement, une marmite de fonte, quelques écuelles, un bidon, une gourde, trois ou quatre gobelets de bois blanc. Mais au-dessus de la cheminée, juste en face de la fenêtre, que frappaient les derniers rayons du soleil, un très-beau christ d'ivoire.

Ce souvenir de piété, cette œuvre d'art, relevait tout le reste. Ajoutez à cela le splendide paysage, le rayon rose, quelques lianes grimpantes, quelques brindilles fleuries autour de la porte, contre les petites vitres, se faufilant partout, agitées par la brise du soir, embaumant l'air, et vous comprendrez que cette bicoque,

par un aussi beau jour, n'éveillait que la sympathie, ne provoquait que le sourire.

Cependant le père Ambrosio avait voulu ral-
lumer le feu ; mais son hôte le contraignit à
s'asseoir :

— Laissez faire Yambo. Il saura suffire à tout.
Tenez ! le voilà qui nous débouche, si je ne me
trompe, une bouteille de madère.

— Du madère ! s'écria l'anachorète, c'est un
vieil ami... mais nous étions brouillés depuis
bien longtemps !

Déjà le nègre avait étalé sur la table une serviette bien blanche. Sur cette serviette, il posa
deux verres et les remplit.

— Un troisième pour toi, dit le maître. Allons, je le veux ! Buvons à la santé de notre
hôte.

Fermant à demi la paupière, l'ermite savoura
benoîtement la liqueur ambrée.

Puis, reposant son verre sur la table :

— Ah! quél vin!... béni soit Dieu qui en a
mûri la vigne!... Comme ça réchauffe! comme
ça réjouit!... moi qui depuis quinze jours
n'avais bu que de l'eau!

— Vraiment! fit l'étranger... C'est donc vrai
que votre... spécialité ne va plus?

— Hélas! non... J'en ris tout le premier. Mais
cependant, si ça continue, je me verrai contraint de fermer boutique.

— C'est à ce point-là!... On me l'avait dit;
mais sans m'expliquer au juste ce que c'est que
votre privilége.

— Mon privilége!... On refuse de le reconnaître, maintenant... Ce n'est plus que le privilége de mourir de faim... et de soif. Encore un
verre, s'il vous plaît?... Merci... Autrefois, je
ne dis pas, c'était une bonne petite prébende.
La loi d'amour, comme on appelait alors l'antique usage, autorisait l'ermite de Freilieben à
marier sans dispense, sans aucune espèce de

formalités préalables, sans même l'autorisation
des grands parents; tous les jeunes couples qui
s'en venaient ici, la main dans la main, le cœur
sur les lèvres. « Nous nous aimons! » disaient-
ils. On les bénissait. Voilà tout. Est-il bien vrai
que le bon Dieu en demande davantage?

Rien de naïf comme le bonhomme, en parlant ainsi. L'étranger le regardait avec son fin
sourire. Sous cette apparente indifférence se
cachait cependant la sérieuse attention d'un
questionneur marchant à son but. Il répondit :

— Les hommes sont plus exigeants. Vous
devez avoir ici quelque chose comme une
espèce d'état civil.

— Certes! fit l'ermite avec un certain orgueil. Il n'y a pas plus de dix années de cela,
mon registre avait encore force et valeur en
justice. Ce que j'avais lié, nul ne le déliait. Mais
les magistrats du canton subissent l'influence
de l'esprit moderne. Ils se sont permis de casser

mes mariages, et le grand Conseil leur a donné raison. Bien plus, ils prétendent m'interdire d'exercer mon ministère. J'ai résisté. Condamnation à l'amende. Tout dernièrement, on est venu pour saisir mon mobilier. Est-il besoin de vous dire que la république helvétique en fut pour ses frais?

— Mais le registre? interrogea l'étranger.

Le père Ambrosio promena de tous côtés un regard circonspect, puis cligna des yeux, fit une maligne grimace et répliqua :

— Ils ont fait buisson creux, vous dis-je. Le livre des mariages est bien caché. Nulle autre main que celle-ci ne le dénichera.

Ce dernier mot parut contrarier le créole.

— Yambo, dit-il, allons donc !... le souper !

Le souper fut promptement servi.

— Oh ! s'écria le moine avec une admiration jubilante, oh ! le superbe pâté !... Foie gras de Strasbourg... aux truffes... des truffes !

— Et du vieux vin de Bourgogne, dit l'am-
phitryon en emplissant les verres.

Quelques minutes s'écoulèrent, durant lesquelles on ne songea plus qu'au repas. L'ermite
mangeait à belles dents, buvait sec. Le touriste
lui tenait tête en homme qui vient de faire une
longue traite et dont l'air des montagnes aiguise
l'appétit.

— Quel bourgogne ! dit enfin le père Ambrosio. Ah ! monsieur, monsieur, si la France est le
premier de tous les pays, c'est à cause de son
bourgogne. Eh !... eh ! j'étais un amateur. J'ai
bien vécu jadis, avant de me confiner dans cette
Thébaïde. Gardons-nous cependant de la maudire. Elle avait alors ses compensations. On y
pouvait secourir son prochain. Oui , monsieur,
je ne plaisante plus, c'était un passage très-
fréquenté ; la neige le recouvrait en hiver. Un
petit Saint-Bernard. J'avais alors, un couple de
chiens provenant des bons pères. Je m'efforçais

de les imiter. Que de nuits j'ai passées courant
avec eux la montagne, le falot dans la main, la
charité dans le cœur! Ah! c'était le bon
temps!... Mes deux compagnons sont morts,
moi, j'ai vieilli. L'hiver dernier, c'est à peine si
je pouvais sortir du chalet. Comment a-t-il pu
résister?... Comment ai-je résisté moi-même?
L'hiver qui vient, une avalanche nous empor-
tera... Ah! c'est triste de ne pouvoir plus
faire le bien! Buvons!...

Avant de remplir le verre du religieux,
l'étranger serra sa main :

— Je vous avais mal jugé, père Ambrosio, pardonnez-le-moi; vous êtes un saint
homme.

— Moi! se récria-t-il, je ne suis qu'un vieil
égoïste. Savez-vous quel est mon rêve?... Eh!
mon Dieu! pourquoi ne m'y abandonnerais-je
pas maintenant?... Le bon vin rend la rêverie
douce.

— Parlez, père Ambrosio. Que désireriez-vous pour vos vieux jours ?

Le vieillard but à petites gorgées, puis ferma les yeux et, les deux mains croisées sur son ventre, tournant les pouces, il répondit :

— Revoir le village où je suis né. C'est là-bas, dans l'Engadine, canton du Tessin, presque en Italie, dans un vallon qu'aime et réchauffe le soleil. J'y retrouverais encore quelque petit-neveu... quelque arrière-cousin... un jeune couple qui m'accueillerait de franc cœur... On est hospitalier chez nous. Quand il y a du bonheur pour deux, il y en a pour trois. Je m'établirais là, j'élèverais les enfants, je les aimerais bien... Songez donc, voilà vingt ans que je vis seul. On m'a oublié. Rien ne m'empêche de m'en aller mourir à ma guise. Ah ! si je pouvais... J'ai comme des lucidités qui me montrent le chemin, la vallée, la maison, les bonnes figures amies qui m'attendent sur le seuil. Mais je suis trop fier pour leur être à charge; je n'arriverai pas comme un mendiant. Non, non, je le disais bien, ce n'est qu'un rêve !

— Pourquoi ne se réaliserait-il pas? dit l'étranger. Que vous faudrait-il pour être heureux?

— Ah ! pas grand'chose. On vit de si peu là-bas ! Cent florins de rente.

— Autrement dit cinq mille francs de capital. C'est facile à trouver, cela.

— Comme vous y allez !... *Bone Deus !*

— Raisonnons, cependant. Est-ce que cette maisonnette ne vous appartient pas ?

— Effectivement... et la chapelle aussi... sans compter le privilège... Mais tout cela est si délabré !... Je ne demanderais pas mieux que de céder ma charge. Je l'ai mise en vente et fait annoncer dans les journaux. Il ne se présente pas d'amateurs.

— Qu'en savez-vous ?... Si tel était le but de ma visite ?

Le pauvre cénobite ouvrit de grands yeux.

— Vous? monsieur!... Mais dans quelle intention?... pourquoi faire?

— Ah!... voilà! Supposez que je suis un employé de quelque agence matrimoniale anglaise ou française et que je veuille établir à Freilieben une succursale... Je vous expliquerai peut-être cela tout à l'heure... Permettez que je découpe cette volaille.

— Un poulet rôti!... Mais vous voulez donc que demain je ne puisse plus mordre à mon radis noir?

— Yambo! un autre flacon... Prépare le café.

— Du café!... Il ne manquait plus que ça!... Mais vous êtes un enchanteur... vous venez me tenter!...

— Précisément... la tentation de saint Antoine!

— Saint Antoine!... Il avait du moins un

compagnon. Ah mais ! ne soyons pas ingrat ,
j'ai ma chèvre.

— Buvons à votre chère vallée de l'Engadine ! à votre retour au hameau si caressé dans
vos rêves !

— Ah ! quant à cette santé-là, oui, buvons...
Mais si j'allais me griser ?... Eh ! eh ! eh ! dites
donc, il me semble que voici mes fagots qui
dansent.

— C'est le jour qui baisse. Yambo, des bougies.

— Des bougies !... où vous croyez-vous
donc ?... pour qui me prenez-vous ? mais je n'ai
qu'une torche de résine. Là-bas, Yambo, près
de la marmite... et voici le trou pour la ficher
en terre.

Yambo alluma la torche, mais aussi des
bougies qu'il avait apportées. Un homme de
précaution, ce Yambo.

Le père Ambrosio commençait à s'animer.

— Quelle illumination ! s'écria-t-il, j'en suis

ébloui !... Que disions-nous?... Ah ! que vous
vouliez acheter mon fonds.

— Un instant ! repartit le créole. Je veux
d'abord vérifier l'état des recettes.

— Des recettes?

— Oui... le registre.

Le bonhomme aussitôt se releva, complète-
ment dégrisé, retrouvant une sorte de dignité
pastorale :

— Vous voulez me faire parler, découvrir
un secret de famille, lire dans le passé d'une
femme... jamais!... c'est à présent que vous
me jugez mal, monsieur... Tenez... voyez-vous
ce christ d'ivoire... un chef-d'œuvre. Le sculp-
teur était mon ami. En mourant, il me fit jurer
de ne pas m'en dessaisir. Je mourrai peut-être
de faim ; mais ce christ sera là, dans mes bras,
sur mon cœur. Voilà ce que c'est que le père
Ambrosio, monsieur. Pour tout l'or du monde,
il ne trahirait pas un serment !

Depuis quelques instants déjà l'étranger le calmait du geste :

—La !... la !... tout doux, mon révérend. Loin de moi la pensée de vous induire à mal ; mais daignez réfléchir... Quand un notaire vend son étude, il en vend aussi les archives.

Cet argument fit impression sur l'ermite.

— C'est juste, reconnut-il. Je n'avais pas songé à cela. Je ne dois pas... je ne veux pas...

L'étranger tira d'un portefeuille cinq billets de mille francs.

— C'est dommage, dit-il ; voici la somme.

Les bank-notes s'étalèrent sur la table. Le pauvre anachorète en fut émerveillé. Son idéal était là, devant lui. Il le touchait du doigt. Il n'avait qu'à dire un mot, un seul mot, pour être heureux. Et cependant il hésitait, il refusait.

— Mon père, dit gravement le créole, regardez-moi. Je vous affirme sur l'honneur que mes intentions n'ont rien que d'honorable.

— Jurez-le-moi sur ce Christ, exigea le
moine.

Le gentilhomme étendit la main vers la sainte
image, et, sans hésiter, répondit :

— Je le jure !

Dans sa voix, dans son regard, il y avait tant
de droiture, tant de loyauté, que tous les scru-
pules de l'ermite s'évanouirent. Il ne douta
plus. Il s'écria :

— Marché conclu... ces ruines sont à vous.
Quant aux archives... le landamman et ses
gens ont emporté les registres de mes prédéces-
seurs. Mais j'avais eu l'heureuse précaution de
diviser les feuillets du mien... et tenez... tenez...
j'en ai ouaté une robe de moine !

Il venait de dénouer sa cordelière. Il écarta
son ample froc tout récemment doublé d'une
serge grisâtre.

Dans cette serge, il fit une longue entaille

avec la pointe d'un couteau. La bure tout entière était tapissée d'actes plus ou moins jaunis. Les trente années de son ministère étaient là : tout le moderne répertoire de Freilieben.

— Voilà ! dit orgueilleusement l'ermite. Ils ont regardé, fouillé partout, hormis sur moi. Faut-il tout découdre ?

— Je ne souhaite, répondit le créole, qu'un seul acte de l'année courante.

— Alors, s'écria le moine, nous n'aurons pas grand'peine à le chercher. Je n'ai cimenté cette année-ci qu'une seule union. En voici la preuve.

L'inconnu saisit avec empressement l'acte qu'on lui présentait.

Sans s'arrêter aux détails surannés de la longue formule, ses yeux cherchèrent immédiatement et trouvèrent ces deux noms :

HENRIETTE D'HOSPENTHAL

RODOLPHE CAVAGLIA.

— Ah ! s'écria-t-il alors, c'est bien cela...
c'était vrai !

Le père Ambrosio fut effrayé de cette émotion.

— Souvenez-vous, dit-il, souvenez-vous de
votre serment. Que voulez-vous faire de ce
papier ?

— Une allumette, répondit simplement l'inconnu... Une allumette... pour mettre le feu à
ma nouvelle acquisition.

— Bah !

Déjà le papier flambait. Il le jeta sur les fagots
de sapin, dont les feuilles sèches s'enflammèrent
aussitôt.

— Alerte, Yambo... sers vivement le café.
Vous, mon père, vous n'avez que quelques
minutes pour votre déménagement.

Déjà l'ermite avait fait disparaître les bank
notes dans la poche de sa robe. Il alla prendre
le christ d'ivoire. Puis, d'une voix calme :

2

— Je suis prêt, dit-il.

Yambo versa le café dans les tasses.

— Ne nous pressons pas ! fit le maître, nous avons le temps ; mais tout juste. Quant à vous, mon père, soyez sans inquiétude, nous vous emmenons.

Déjà les fagots crépitaient. Pour activer la flamme, on y jeta les bougies, la torche. Tout prit feu. Il fallait partir.

Vers l'extrémité du plateau, l'ex-anachorète se retourna pour saluer son logis d'un dernier regard d'adieu.

Une ombre biscornue se précipita vers lui, faisant entendre comme un bêlement de reproche.

— Ma chèvre ! s'écria-t-il, et moi qui t'oubliais ! Viens, viens, je te laisserai, je te léguerai au curé de Bürglen.

Bientôt l'incendie dévora le chalet. La chapelle à son tour s'embrasa, projetant de grandes lueurs dans les montagnes.

De la fenêtre du presbytère où il avait trouvé un asile, le père Ambrosio put voir encore quelques dernières gerbes d'étincelles briller et s'éteindre dans la nuit, comme les dernières fusées d'un feu d'artifice.

Il en eut une larme dans les yeux.

Le lendemain, au lever du soleil, plus qu'une umée légère parmi les sapins.

Ce fut encore un attendrissement. Mais le courrier d'Italie passa, emportant le père Ambrosio.

Adieu l'ermitage ! adieu l'ermite !

Quant au créole, il se dirigeait vers Altorf.

II

D'ALTORF LES CHEMINS SONT OUVERTS.

Altorf, comme Freilieben, appartient au passé. Une ville morte, et cela, parce qu'elle est un peu française. Je m'explique.

Autrefois, c'était de là surtout que partaient ces vaillantes phalanges que sut deviner Louis XI, qu'admira Bayard, qui tombèrent, autour de François Ier, sur le champ de bataille de Pavie. Plus tard, ils aidaient Henri IV à reconquérir sa couronne; plus tard encore, Richelieu abaissant la maison d'Autriche. On les revit à Malplaquet, à Fontenoy, dans tous nos combats, fidèles à la monarchie jusqu'à son dernier jour! La France a payé cette dette par le don de la liberté. Nous sommes quittes. Oublions le

10 août, le 29 juillet ; mais, disons-le quant à
ce récit, ce fut surtout à Lucerne, Schwitz,
Stanz, Altorf, Fribourg ; ce fut surtout dans
la Suisse catholique que retentit funèbrement
l'écho de ces dates sanglantes.

Ils étaient tombés, ces vieux champions, ces
fiers jeunes hommes qui repartaient à chaque
printemps, ceux-ci n'emportant que leur carabine, ceux-là n'emportant que leur épée. A
peine quelques-uns revenaient-ils au foyer
natal, blessés, désillusionnés, désespérés. Quelques-uns encore s'en allèrent servir les Bourbons d'Espagne, les Bourbons de Naples. Partout la terre manquait sous leurs pas. On ne
voulait plus d'eux. L'esprit moderne avait
pris pour devise : « Chacun chez soi, chacun
pour soi, plus de mercenaires. » Qu'allaient-ils
devenir ? Il fallait attendre ; le bon temps
reviendrait... Il ne revint pas !... Ces hon-
neurs, ce flot d'or qui, pendant des siècles,

2.

avait coulé des capitales vers le lac des Quatre-
Cantons, la source s'en était tarie. On attendait
toujours. La ruine arriva, l'espérance fléchit,
l'orgueil seul resta debout.

Aujourd'hui, voyez Altorf et ses vieilles maisons, ses rustiques palais délabrés, chancelants,
qui tomberont demain peut-être. Mais, dans
l'herbe qui les attend, on retrouvera quelque
héraldique écusson sur lequel les trois fleurs
de lis de France.

Elles sont dans les armoiries de la famille
d'Hospenthal, au-dessus de la porte d'entrée.
Une porte vermoulue, déteinte. Les murailles
grisâtres s'écaillent en maint endroit. Presque
tous les volets sont clos ; ils témoignent des
injures du temps. Quelques-uns pendent en
dehors, à demi détachés de leurs gonds. Le
grand toit à l'espagnole s'en va tout de travers.
Il vente si fort dans cette vallée de la Reuss, et
voilà si longtemps que les vieilles tuiles n'en

ont pas vu revenir de neuves!... Une des
hautes cheminées en briques est tombée der-.
nièrement. Au premier orage, les autres iront
la rejoindre. Dans le jardin, plus d'ifs taillés
ni de charmilles, plus même de fleurs... des
choux et des pommes de terre. Dans la cour
d'honneur, de l'herbe entre chaque pavé que
verdit la moisissure. Les communs abandonnés
s'effondrent çà et là. Sous les corniches et dans
les angles sombres, on devine des araignées
contemporaines de Guillaume Tell. J'allais
oublier les girouettes! Il n'en reste qu'une,
tellement ankylosée, rouillée, enrouée, que le
touriste parisien se prend à sourire, pensant à
la voix de Grassot. A part ce grincement peu
mélodieux, tout reste muet.

L'hôtel de la Belle au bois dormant.

Cette dernière comparaison pourrait se jus-
tifier doublement. D'abord, aucun progrès,
aucune idée moderne n'a pénétré là. En second

lieu, il s'y trouve une merveilleuse jeune fille, la belle Henriette d'Hospenthal.

Avec elle, son frère Henri. En souvenir du roi Henri IV, qui daigna servir de parrain à l'un des ancêtres, tous les aînés de ses descendants se sont appelés, les fils Henri, les filles Henriette.

Et ce n'est pas le comte d'Hospenthal actuel qui manquerait à cette tradition de famille. Il a vu mourir, en 1830, deux frères plus âgés que lui. On le surnommait alors le beau Sigismond, le beau colonel; il avait alors quarante ans. Il s'en est retourné, ayant tout perdu, fors l'honneur. La fille d'un compagnon d'armes aussi noble, aussi pauvre, est devenue sa femme; elle est morte en donnant le jour à Henriette. La misère, qu'elle avait su retarder par des miracles d'économie, s'est aussitôt abattue sur la maison, usant, râpant, rongeant, dévorant toute chose. Dix-huit ans plus tard,

à l'heure où nous sommes, il en était de l'hôtel
et de tout ce qu'il renfermait comme de ces
bois morts déchiquetés par les termites, comme
de ces corps frappés par la foudre, auxquels on
ne saurait toucher sans qu'ils tombent en poussière : vaine apparence, illusion, fantôme !

A la grille, qui s'oxydait comme tout le reste,
on voyait rarement un visiteur. Parfois un
créancier, contenu par un dernier respect,
éconduit par un dernier domestique.

Cet héroïque serviteur se nommait Zug.
Rappelez-vous le Caleb de Walter Scott, c'était
cela. Souvent on le remarquait au marché,
attendant avec une inépuisable patience qu'on
voulût lui abandonner enfin quelque chose de
présentable pour le peu d'argent qu'il avait. Il
portait de vieux chapeaux impossibles, retrouvés
sous les toits, disputés à la dent vorace des rats
affamés. Et Dieu sait s'ils l'étaient dans cette
maison-là... Un fauteuil hors d'âge tombait-il

enfin de vieillesse, il s'habillait avec ses dépouilles. Parfois l'étoffe était à ramages, rien n'y faisait. Une caricature, ce pauvre Zug, mais si touchante que, tout en faisant rire les lèvres, elle mettait des larmes dans les yeux.

Suivons-le pour qu'il nous introduise auprès de son maître. Le comte d'Hospenthal se complait dans le grand salon. C'est une galerie de portraits : tous les ancêtres. Au-dessous de chaque cadre, l'uniforme. Aux plus anciens, toute l'armure ; aux plus modernes, le frac rougé et l'épée. Parfois, un trou dans la cuirasse, une tache de sang sur le drap. Tous ils ont été soldats, tous au service du roi de France.

Le colonel Sigismond a soixante-dix ans passés. Il est de haute taille et porte fièrement la tête. Une belle tête blanche, au profil aquilin, aux grands sourcils de neige, à l'œil vif et presque fanfaron, au menton toujours rasé de frais, comme s'il était de service aux Tuileries.

Sa maigreur est extrême. Un vieillard sec, mais encore nerveux. Il se tient droit, mais ne peut longtemps rester debout. Ses jambes seules ont faibli. Quand il va se promener vers le lac, Zug le suit portant un pliant sur lequel son maître s'assied presque à chaque pas. Il est resté fidèle à l'ancienne mode : culotte courte, bas chinés et souliers à boucles, l'habit à la française, les ailes de pigeon, la queue en salsifis, toujours des grains de tabac sur son jabot plissé. Eh! palsembleu! ne faut-il pas le fouetter du doigt! Cela donne de l'élégance.

L'élégance n'est pas le fait de son fils Henri. Un Suisse des temps rustiques, un jeune géant, à l'allure bourgeoise, à la physionomie placide. Plus de bons sens que d'héroïsme. De l'intelligence, cependant. Un brave garçon, un beau gars.

Tous les Suisses sont soldats. Le jour vint où Henri d'Hospenthal dut s'enrégimenter avec ceux de la landwehr et partir pour le camp d'été. Le baron s'emporta, ne voulant pas que son fils pactisât avec cette loi nouvelle.

— Mon père, répondit le jeune soldat, vous savez si je vous respecte et vous honore. Il y a quelque temps, je désirais tenter un effort pour relever notre fortune, ou du moins vous donner un peu plus de bien-être, à vous, mon père, à ma sœur.

— Je sais... je me souviens, s'écria le vieillard avec impatience. L'industrie, le commerce... Un d'Hospenthal !

— Je vous ai obéi, je me suis abstenu, mon père. Mais aujourd'hui, c'est le pays qui me réclame. Si je ne me rends pas à mon devoir, on me mettra en prison. J'aime le grand air... Et puis, songez-y donc, si l'on se battait... que dirait-on de nous ? Un d'Hospenthal qui aurait refusé de se battre!

Cet argument toucha le cœur du vieux soldat

— Au fait, dit-il, vous avez peut-être raison...
Je ne vous retiens plus... partez !

Henri ne se l'était pas fait répéter deux fois.
Sigismond resta seul avec sa fille.

Henriette ressemblait à ces merveilleuses
fleurs que la nature se plaît à faire éclore parmi
les ruines. Rien de doux et de fier à la fois
comme ses grands yeux bleus. Notez qu'elle
avait de magnifiques cheveux noirs, naturellement ondés, épais à profusion, tout pleins de
reflets métalliques. Par ses traits caractérisés,
par sa mate pâleur, elle rappelait ces belles filles
de la Bible qui, pensives et graves, s'en allaient
à la fontaine avec une amphore sur l'épaule.
Son sourire, aux dents éclatantes de blancheur,
corrigeait cependant cette sévérité. Sa taille
élevée, svelte, avait la noblesse et la grâce.
L'énergie de son âme ne s'était nullement alan-
guie dans la solitude et la misère de cette triste
maison ; elle ne s'en occupait même pas. Fran-

chement insouciante et jeune, elle avait parfois
des gaietés d'enfant. Puis de longues rêveries.
Dix-huit ans, c'est l'âge où l'on rêve. Elle aimait
surtout à monter à cheval, à s'en aller toute
seule, très-loin, à travers la vallée, dans la
montagne. C'était la plus charmante et la plus
hardie amazone qui se pût voir.

Depuis quelque temps, néanmoins, elle devenait triste, anxieuse, comme impatiente de voir
arriver quelqu'un. Elle regardait, elle écoutait,
elle avait comme des élans pour courir à la rencontre de celui qu'elle attendait. Puis, ne voyant
personne, elle s'en revenait abattue, silencieuse
et morne. Sa santé même s'en altérait. Elle était
plus pâle que de coutume, elle semblait souffrir.
Le pauvre Zug s'en était aperçu le premier.
Souvent, à l'écart, il la contemplait avec une
commisération profonde. Plus de courses dans
la montagne. Le cheval, qui s'appelait Granson,
restait à l'écurie. L'amazone paraissait en proie à

un mal inconnu, un profond désespoir, qui l'accablait lentement, qui la tuerait peut-être.

Le père remarqua enfin ce changement. Peut-être Zug le lui avait-il signalé. Il interrogea sa fille avec inquiétude, avec bonté. Henriette était la plus chère affection du vieillard.

— Je n'ai rien, mon père... rien.

— Mais ta main est glacée, mon enfant, ton front brûle... tu pleures... Manquerais-tu de confiance envers moi?

— A Dieu ne plaise ! Si les circonstances me forcent à prendre un confident, ce sera vous, mon père.

— Quelles circonstances?

— N'insistez pas, je vous en prie, c'est mon secret... D'une ou d'autre façon, bientôt vous saurez tout. Je vous le promets... je vous le jure.

En parlant ainsi, Henriette avait eu dans la

voix, dans le regard, une telle sincérité, une telle dignité, que le vieillard n'osa l'interroger davantage. Le soupçon d'un malheur venait de lui traverser l'esprit. Il ne voulait plus rien savoir... Il avait peur.

A quelques jours de là, Henriette reçut une lettre portant le timbre du consulat suisse à la Nouvelle-Orléans.

Vivement elle brisa le cachet, ouvrit le papier. Sa main tremblait, son souffle était haletant, il y avait à la fois dans tout son être de la terreur et de la joie.

Mais à peine eut-elle lu, que sa pâleur devint livide. Un instant, elle conserva l'immobilité d'une statue, les yeux démesurément ouverts, la bouche béante, comme prête à mourir. Puis, sans un cri, mais avec un soupir navrant, elle s'affaissa sur elle-même, elle s'évanouit.

Zug, qui avait apporté la lettre, était encore là. Il se précipita vers sa jeune maîtresse, la releva, la secourut. Ses regards tombèrent sur ces quelques lignes :

« J'ai le regret de vous annoncer que **M.** Ro-dolphe Cavaglia, dont vous désirez des nou-velles, est mort, il y a trois mois, des blessures qu'il avait reçues à la bataille de... »

Suivait un nom américain que le vieux ser-viteur ne songea pas à lire. Il venait de s'écrier avec toutes les marques d'un indicible effroi :

— Dieu secourable, ayez pitié de nous !... Elle et son père, ils en mourront de douleur !

Henriette commençait à reprendre ses sens. Il plaça près d'elle la lettre fatale, et se retira, veillant bien à ce que le père ne survînt pas.

Le vieux comte n'eut pas connaissance de cet incident. Mais une vague angoisse planait dans la maison. Le silence y grandissait encore. C'était comme ces derniers moments de calme lourd qui précèdent une tempête. Sigismond la sentait venir. Il relevait plus encore sa tête

blanche, que bientôt peut-être il lui faudrait
courber. Son irritabilité, sa susceptibilité s'avi-
vaient de jour en jour. Au dehors, lorsque Zug
le suivait avec son pliant, lorsque Henriette lui
donnait le bras, il se figurait que tout le monde
le regardait en se raillant de lui ; il prenait des
airs provocateurs, et, dans sa main tremblante
de colère, sa canne semblait menacer les gens.
En vain s'efforçait-on de le calmer.

— J'ai soixante-dix ans, disait-il, mais palsembleu ! qu'ils prennent garde... Je suis de
force et d'humeur encore à venger une injure...
qu'ils prennent garde !

Certain soir, il aperçut un touriste anglais
qui regardait en souriant sa maison. Il bondit :

— Zug ! Zug ! va me quérir cet impertinent ;
il m'échauffe les oreilles !

Zug avait été le soldat, le brosseur du colonel
Sigismond. Il ne se donnait pas la peine de raisonner les ordres de son maître. Obéissance pas-

sive. Il amena bon gré mal gré le gentleman, tout surpris de ce raccolement, tout souriant encore d'un naïf sourire britannique.

— Milord, lui dit le vieillard, vous êtes un drôle !

— Oah !

— Si c'était un Français, passe encore. Mais un Anglais qui rit, c'est par trop insolite... ça ne se tolère pas... vous m'en rendrez raison !

— Oah ! à votre âge ?

— Quand on m'insulte, monsieur, j'ai vingt ans... et je vous le prouverai sur l'heure. Vous me retrouverez là-bas, sous ces grands noyers, vers le lac. Allez chercher votre témoin.

— Oah ! je voulais bien. Mais vous, monsieur, qui vous assistera ?

— Zug que voilà. Il a servi. Un ancien Suisse de la garde royale du roi Charles X, c'est tout vous dire. Allez, monsieur; dans quelques minutes nous vous attendrons.

Le comte d'Hospenthal se fit mettre un œil de
poudre, campa sur l'oreille son vieux tricorne à
la mousquetaire ; et, par une porte s'ouvrant
sur les champs, s'en fut au rendez-vous, escorté
de Zug, tout enorgueilli de son nouveau rôle,
mais plus encore embarrassé des épées et des
pistolets de combat, qu'il portait concurremment
avec le fameux siége habituel.

Ce jour-là, surexcité par ce revenez-y de
bravoure, le vieux comte alla tout d'une traite,
et sans même songer à s'asseoir, jusqu'aux
grands noyers.

Presqu'en même temps l'Anglais arriva. Un
Anglais seul pouvait accepter un semblable
cartel.

Encore ne s'était-il pourvu d'aucune espèce
d'armes, comptant que son témoin arrangerait
l'affaire.

Mais, dès les premiers mots de conciliation, le
vieillard s'écria :

— Assez! messieurs, assez! Les gens de ma sorte ne se donnent pas la peine de venir sur le terrain pour ouïr des sornettes. Voici des épées, des pistolets. Je suis l'offensé, je choisis l'épée.

Les deux gentlemen donnèrent leur adhésion.

— En quelques passes, avait dit le témoin, vous désarmerez ce bonhomme.

Il se trouva que le bonhomme avait encore le poignet solide. C'était encore le colonel Sigismond, le vaillant et beau comte d'Hospenthal. Il était superbe à voir, se roidissant dans sa maigre verdeur, le nez au vent, l'œil en feu, le sourire aux lèvres. Le grincement du fer lui arrachait de petits cris aigus, des cris de plaisir. Il rajeunissait au contact de son épée. La faire sauter hors de sa main? allons donc!... Elle y semblait rivée par l'effort des muscles, qu'on voyait se tendre et se contracter sous les rides. Des muscles d'acier, comme était le cœur.

Il faillit toucher son adversaire. Zug le sui-

3.

vait pas à pas, enivré d'orgueil, mais tout palpitant d'inquiétude et tenant le pliant, tout prêt
à l'ouvrir.

Soudain son maître chancela, tomba, mais
assis. Zug avait, juste à point, ouvert le pliant.

— Oah! fit l'Anglais, êtes-vous donc blessé?

— Non!... mais je suis vieux... Excusez-moi,
milord. Ce n'est pas le cœur qui me manque; ce
sont les jambes. D'ordinaire, je ne puis faire
dix pas sans m'asseoir; je ne saurais plus maintenant me tenir debout... Mais tout peut se con-
cilier... Zug, chargez avec monsieur les pistolets.

Vainement les deux gentlemen déclarèrent
l'honneur satisfait; il fallut céder au vieillard,
se mettre en place et tirer.

L'autre témoin avait proposé à Zug de ne
charger les armes qu'à poudre; mais Zug s'était
contenté de le regarder, — un regard digne
de son maître; — on avait mis des balles.

— Ne me ménagez pas ! s'écria le vieux comte, car, palsambleu ! ceci n'est pas une plaisanterie... je tiens à vous prouver, moi, que dans la patrie de Guillaume Tell on a l'œil juste.

L'esprit britannique est positif en toutes choses. L'Anglais comprit enfin qu'il y allait tout bonnement de sa vie. En pareil cas, pour n'être pas tué, on tue. Il ajusta.

La balle fit sauter en l'air le tricorne du vieillard.

— Milord, dit-il, j'ai bien l'honneur de vous saluer. A mon tour.

L'Anglais ne put retenir un oah de douleur ; il avait le bras traversé.

Le vieux Sigismond s'en revint en se frottant les mains.

— Il a du plomb dans l'aile !... Eh ! eh ! Zug... nous ne sommes pas encore des momies... Il en coûte pour sourire en regardant le blason des Hospenthal !

A peine était-il rentré dans le salon des Ancêtres qu'Henriette se présenta devant lui.

Elle était pâle et grave. Sur ses traits, dans sa démarche, quelque chose de solennel.

— Mon père, dit-elle, l'instant est venu ; vous allez tout savoir.

Il la regardait en frissonnant. Elle s'agenouilla.

— Mais c'est donc une confession, ma fille ?

— Oui, mon père.

— Vous auriez une faute à vous reprocher ?

— Une grande faute.

Le vieux comte se pencha brusquement sur sa fille ; il lui prit la tête à deux mains, il lui mit sur le front un long baiser.

— Que je t'embrasse d'abord, mon enfant ! qui sait si, après t'avoir entendue, je te pardonnerai !

Elle, luttant contre l'émotion qui l'envahissait, essuyant ses larmes, mais digne et fière encore dans son humilité :

— Ce n'est pas un pardon que je viens solliciter de vous, mon père. Ma faute doit être
expiée... je le veux. Il y va de l'honneur de
notre maison.

— Parlez, ma fille.

III

AU BORD DE L'ABÎME.

— Mon père, dit Henriette, sans votre consentement je me suis mariée, je me suis donnée...

— Impossible ! s'écria le comte. Quel prêtre
aurait osé ?...

— L'ermite de Freilieben.

— Mais vous savez bien que la loi ne recon-
naît plus de semblables liens.

J'y croyais alors. De là mon malheur !

— Mais lui! lui! le misérable... il devait savoir... Où donc est-il?

— Il est parti, mon père. J'attendais son retour.

— Quand reviendra-t-il?... dites.

— Jamais!... Et, dans quelque temps, je serai mère...

— Malheureuse!

Il s'était redressé tout à coup pour la maudire, pour la tuer peut-être.

Toujours agenouillée, le calmant de la main, elle le suppliait des yeux, épouvantée pour lui, non pour elle.

La honte, la colère, la douleur, suffoquaient le vieillard. Du geste, du regard, il évoquait ses ancêtres. Se pouvait-il, mon Dieu, qu'une d'Hospenthal eût failli!... Comment son père vivait-il encore après un pareil affront?

Cet affront, le sang seul pouvait l'effacer! Il voulut s'élancer vers une panoplie, mais, sa

faiblesse trahissant son courage, il retomba tout
d'une pièce dans son grand fauteuil, le corps
droit, l'œil fixe... et bientôt, sur ses joues pâles,
deux grosses larmes descendirent.

— Mon père, reprit doucement Henriette, ne
pleurez pas. Personne ne saura... Je finirai...
je disparaîtrai dignement. C'est un dernier
adieu... Je n'ai pas encore dix-huit ans, mon
père... Pardonnez-moi... bénissez-moi... je vais
mourir !...

Il y eut un nouveau silence. Les yeux du père
s'étaient abaissés vers sa fille. Son bras se dé-
tendit tout à coup ; il lui mit une main sur le
front, et, la regardant les yeux dans les yeux,
cherchant à comprendre ce qu'elle lui disait :

— Mourir ! répéta-t-il. Comment, mourir ?

Avec l'accent d'une résolution calme, mais
irrévocable, elle répondit :

— J'ai donné l'ordre qu'on me sellât Granson.
Vous connaissez l'abîme du Bockitobel...

Il réfléchit un instant encore. Puis, l'attirant tout à coup dans ses bras, la pressant sur son cœur :

— Ah ! je comprends !... mais tu n'y tomberas pas seule...

— Que dites-vous, mon père ?

— Attends !... Une sorte de clarté se fait dans mon esprit. C'est bien cela... un accident... On nous plaindra... Aucun blâme... Pas même un reproche de nos aïeux... Un misérable a pu te tromper, mais ta résolution rachète ta faute... Je ne rougis plus de toi, j'en suis fier !... Ah ! tu es bien leur fille... et la mienne !

Il frappa sur un timbre. Zug parut.

— Attelle Granson au tilbury. Je sors avec ma fille.

Mais lorsque Zug eut disparu :

— Mon père ! s'écria-t-elle, oh ! mais je ne veux pas... Le châtiment, la mort pour moi ; mais vous, vous, mon père...

Il l'interrompit par un geste tout paternel. Ses yeux brillaient, sa bouche avait retrouvé le sourire :

— Enfant! enfant! qu'ai-je à regretter, à mon âge? J'assistais à l'agonie de notre maison. Il y reste tout juste de quoi soutenir ton frère. Pauvre Henri, nous lui serions une charge! Il nous pleurera quelque temps, car il nous aime. Mais, si jeune! il oubliera. Tout est donc pour le mieux. Le dernier des d'Hospenthal pourra relever la famille, et l'honneur du nom sera sauf... Henriette, ma fille, donnons-nous la main. A genoux tous les deux... la dernière prière... demandons à Dieu qu'il nous pardonne... à nos ancêtres qu'ils nous regardent.

Quelques instants plus tard, Zug rentrait. Le vieillard et la jeune fille étaient calmes, souriants.

— Tout est-il prêt? demanda le comte.

— Oui, mon colonel!... Mais il y a là un

étranger qui demande à parler à mademoiselle
Henriette.

Elle eut un mouvement de joie. Mais, se rap-
pelant la lettre reçue la veille, ce rapide éclair
disparut aussitôt.

Cependant, par une sorte d'instinct paternel, le comte avait senti passer dans l'air cette
vague espérance. Il regarda par la fenêtre,
aperçut l'étranger dans la cour, et, le montrant
à sa fille :

— Est-ce lui ?

— Non, mon père... il est mort.

— Partons. Zug, dites à cet étranger que
nous ne pouvons le recevoir.

Et lentement, noblement, comme jadis sous
le regard du roi, il descendit le grand escalier.

Henriette le soutenait, calme et recueillie,
superbement belle. Sur son front pâle, dans ses
grands yeux bleus, cette résignation, cette
sérénité des martyres chrétiennes qui, d'avance,

souriaient à l'idée du sacrifice. Elle aussi, n'allait-elle pas être martyre de l'honneur?

La fille et le père arrivèrent ainsi dans la cour.

L'étranger s'y trouvait encore.

Disons-le de suite, c'était le créole, incendiaire du Freilieben.

Sans à peine le voir, Henriette passa.

Le vieux comte, sans à peine incliner la tête, souleva légèrement son tricorne. Un salut royal.

Granson était attelé au tilbury.

Un tilbury vraiment présentable. Un beau cheval noir, tout fringant d'allure. Le dernier luxe des d'Hospenthal était celui-là.

— Adieu! dit Sigismond à son vieux soldat.

— Adieu! Zug! répéta Henriette.

Et, comme venait de faire son père, elle lui serra la main.

. Puis, elle eut une caresse pour le cheval, qui se mit à hennir d'orgueil et de plaisir.

La jeune amazone en fut touchée.

— Pauvre Granson ! murmura-t-elle, ce n'est pourtant pas ta faute !

Déjà le vieux comte, aidé par Zug, était monté dans la voiture. Elle y prit place à son tour.

Aussitôt Granson piaffa. Puis, les rênes lui étant rendues, il partit au grand trot.

Avant de disparaître, le comte d'Hospenthal, découvrant sa tête blanche, avait, une dernière fois, salué la maison.

En même temps, Henriette lui adressait un regard d'adieu. Dans ce regard, il y eut une larme.

Et Granson les emporta tous les deux.

. . . .

Cependant, le créole était encore là.

Il s'était respectueusement incliné devant le vieillard. Au passage de la jeune fille, il n'avait pu se défendre de murmurer tout bas :

— Elle est bien belle !

Ensuite, se tenant à l'écart, il avait suivi d'un œil attentif tous les détails de cette scène. Maintenant, il regardait Zug.

Zug était blafard. Un tremblement convulsif agitait tout son être. Tant que le comte avait été là, il s'était roidi dans son devoir. Cette force lui manqua tout à coup. Il leva les bras vers le ciel ; il eut un sanglot dans la gorge ; il se laissa tomber sur les genoux ; ses deux vieilles mains se joignirent, se crispant pour une prière désespérée :

— Mon Dieu ! mon bon Dieu ! sauvez mon maître... sauvez sa fille !

Une main se posa sur son épaule. Une voix lui dit :

— Comment cela ?... Donnez-m'en les moyens... je le puis peut-être.

Zug, tout effaré, regardait l'inconnu.

— Vite ! poursuivit-il avec autorité. Mais parlez donc !... le temps presse...

La physionomie loyale de l'étranger gagna le cœur de Zug.

— Eh bien ! oui ! s'écria-t-il, j'aurai confiance en vous. Vous êtes bon... vous oserez... Moi, je n'osais pas. Ils veulent périr... oui, monsieur... le vieillard comme la jeune fille. Une enfant que le vieux Zug a portée dans ses bras ! Je sais tout... j'ai tout entendu... Ils courent au Bocki-tobel !... à l'abime !...

Déjà le créole se précipitait dans la rue, vers son hôtel.

Devant la porte, Yambo.

— Yambo ! vite, un cheval !

On sait comment le noir exécutait un ordre.

Dix minutes plus tard, son maître était en selle.

Il avait employé ces dix minutes à se renseigner sur le Bockitobel. Se lançant au galop vers les montagnes qui s'élèvent à la droite du lac, il franchit le pont de la Reuss, il atteignit Attinghausen.

Jusque-là les grands noyers l'avaient empêché de voir sur la route. Maintenant encore les ruines de Schweinsberg lui masquaient la vue. Il enfonça les éperons dans les flancs de sa monture, tremblant que les deux désespérés n'eussent pris un autre chemin. Non !.,. En arrivant à l'espace découvert, il aperçut le til-bury prêt à disparaître dans l'étroite gorge qui monte aux flancs du Bockitobel.

Un soupir de joie s'échappa de la poitrine du cavalier. Il était sur la bonne piste.

Mais comment allait-il s'y prendre ? Il connaissait le vieux d'Hospenthal. Depuis quelques jours, il l'avait étudié. Cet obstiné vieillard voudrait-il l'écouter ? Comment lui faire entendre raison ? Par quels moyens le convaincre, l'arrêter, le dompter ?

Comme ces réflexions se succédaient à la hâte
dans son esprit, comme il approchait des
mélèzes qui masquent l'entrée du profond ravin,
un homme en déboucha tout à coup, portant les
hautes guêtres, l'habit verdâtre, le chapeau à
plumes d'aigles et la carabine de précision, qui
distinguent les chasseurs de chamois.

Il avait servi de guide au créole, qui le reconnut aussitôt.

— Fritz Kulm! s'écria-t-il, oh! c'est un
heureux hasard qui vous envoie.

— Le hasard! répliqua Fritz Kulm, il ne m'a
guère protégé ce matin. La balle que j'avais
mise dans ma carabine y est encore.

— Existe-t-il un raccourci pour arriver au
Bockitobel? questionna impatiemment l'é-
tranger.

— Oui, mais difficile, dangereux même.

— Conduis-moi.

— Volontiers, sir Albert.

Sir Albert sauta vivement à terre et s'engagea sur les pas de Fritz Kulm.

C'était un sentier rapide, rocailleux, parfois interrompu par des torrents ou des coulées d'avalanches. Le guide sautait, grimpait, avançait toujours. Derrière lui, le créole agissait de même. Celui-ci s'arrêta tout à coup, prêtant l'oreille :

— Écoute !... n'est-ce pas le roulement d'une voiture ?

— Oh ! que non !... c'est le bruit encore éloigné de la cascade qui tombe dans le gouffre.

— Ce gouffre est-il très-profond ?

— Plus de cent toises !

— Hâtons-nous !

Le chemin s'escarpait de plus en plus, serpentant à travers des sapins, des rochers, des buissons épineux. On commençait à s'élever. Le clocher d'Altorf, qu'on retrouvait par intervalles, ne semblait plus qu'un point noir dans

4

l'espace. En revanche, le bruit du torrent grandissait. Bientôt on sentit dans l'air la fraîcheur de son écume; bientôt on put le voir, dans un site grandiosement sauvage, tomber d'une première montagne à pic, rebondir sur des rocs moussus, puis se précipiter dans l'abîme, tout retentissant de son fracas, tout embrumé de la vapeur de ses eaux.

Mais en ce même instant, sur l'alpe verte qui faisait face à la chute, le tilbury parut, lancé à fond de train, courant droit au précipice.

Henriette, immobile, les yeux au ciel, semblait ne plus songer qu'à Dieu.

Le comte d'Hospenthal, également impassible, d'une main serrait celle de sa fille, de l'autre fouettait le cheval, qui galopait, bondissait, les naseaux ouverts, la crinière au vent.

Quelques pas encore, et le bord du gouffre était atteint.

— Trop tard ! s'écria le créole.

Mais tout à coup, frappé d'une inspiration, il saisit la carabine du guide, l'épaula, fit feu.

Granson s'abattit sur le coup, la tête fracassée par la balle.

Le tilbury tourna, se renversa. Mais Henriette avait bondi dans l'herbe. Elle reçut, releva son père.

A peine étaient-ils remis de cette émotion que l'inconnu se présenta devant eux, les saluant avec respect.

— Monsieur ! s'écria le vieillard irrité, monsieur, de quel droit ?...

A voix basse, avec l'exquise délicatesse du vrai gentilhomme, il répondit :

— Je suis le père de l'enfant.

Henriette eut un geste de dénégation, le comte un geste de colère.

Le créole, sans s'émouvoir, les calmant tous les deux :

— Je suis le marquis Albert de Vivonne...

J'ai l'honneur de demander la main de mademoiselle Henriette d'Hospenthal.

IV

UN MARIAGE COMME IL Y EN A PEU.

Le lendemain, dans le grand salon des Ancêtres, Henriette attendait, inquiète et pensive.

Elle était entièrement habillée de noir. Ce
sombre vêtement faisait ressortir encore sa blancheur, sa jeunesse, sa beauté. Un rayon de soleil
allumait des reflets dans sa chevelure d'ébène.
Il y avait encore un étonnement naïf dans ses
grands yeux bleus.

Zug introduisit le marquis de Vivonne.

Vêtu comme pour une présentation cérémo-
nialé, il salua silencieusement, puis vint s'asseoir

dans le fauteuil qu'avait avancé pour lui le vieux serviteur.

Déjà Zug paraissait le tenir en grande amitié. Il le remerciait du regard, il l'admirait, il l'adorait comme une providence. A peine le vit-il installé, qu'il se retira discrètement.

Henriette baissait les yeux. Albert la contemplait avec une muette sympathie.

— Mademoiselle, dit-il enfin, je comprends tout ce que cette entrevue nécessaire a de pénible pour vous. J'eusse voulu l'éviter. M. le comte l'exige. Vous seule, m'a-t-il répondu, déciderez. Il y va de l'honneur de votre maison, de la sérénité des derniers jours de votre père. Voulez-vous mettre votre main dans la mienne ?

— Ah ! monsieur ! monsieur !... balbutia-t-elle en se voilant le visage.

Avec plus encore de douceur, il reprit :

— Je sais... je sais combien notre situation réciproque est délicate. Pour la rendre plus

4.

nette et plus franche, pour vous rassurer...;
voyons... faut-il vous dire que je sais tout?...
permettez que je le prouve.

— Vous ! murmura-t-elle de plus en plus
surprise, mais déjà touchée, vous, monsieur...
qui donc a pu vous dire ?... Je ne veux pas le
savoir !... La seule façon dont il me soit permis
de reconnaître votre générosité, c'est un aveu
loyal et complet. J'en aurai le courage. Laissez-
moi parler, laissez-moi parler...

— Non ! refusa-t-il, moi... Si je fais erreur,
vous rectifierez.

Puis, interprétant le silence de la jeune fille
comme un consentement tacite, il commença en
ces termes :

— C'était l'an dernier, dans cette même saison où nous sommes : le mois des excursions en
Suisse. Une de vos amies vint vous trouver. Si
je ne me trompe, elle s'appelait Franciska. Elle
allait partir avec son prétendu. Quelque chose

de charmant, ce voyage de fiancés. Le jeune
homme va trouver le père de celle qu'il aime :
« Confiez-moi pour une quinzaine de jours,
Kettly, Lisbeth... ou Franciska, pour une tour-
née sur nos lacs et dans nos montagnes! » Et le
père les bénit : « Allez, mes enfants ! que Dieu
vous conduise ! » On sait que Dieu les conduira.
Il n'y a que la Suisse au monde pour donner
l'exemple de tant de confiance, de tant de sagesse.
Sans doute le voisinage des glaciers. Pardon !...
Je reviens à Franciska. Elle était si joyeuse, que
vous vous prîtes à envier sa joie. Dame ! cette
maison me semble un peu triste. Il vous fallait
le grand air, le grand soleil, d'autres émotions,
d'autres horizons. « Viens avec nous, proposa
votre amie, Ulric sera content. » Ulric, c'était le
fiancé. Il vint avec Franciska solliciter le bon
plaisir de M. le comte d'Hospenthal. Votre père
lut dans vos yeux que ce petit voyage vous
rendrait heureuse, il y consentit. Jusque-là,

mademoiselle, me suis-je écarté de la vérité?

— Non... c'est vrai... c'est vrai, murmura-
t-elle.

Il poursuivit :

— Vous partîtes, impatiente et gaie : une
pensionnaire au sortir du couvent. Rien n'épa-
nouit l'âme comme ces grands spectacles de la
nature, rien ne grise le cerveau comme cet air
vif et pur des cimes alpestres. Vous couriez,
vous bondissiez avec le libre élan de votre gracieuse jeunesse. Et c'étaient des attendrissements,
des enthousiasmes, du bonheur à rendre jaloux
les anges qui vous regardaient de tout près. Il
me semble que je vous vois ainsi. Vous deviez
être charmante, mademoiselle ! Excusez ce com-
pliment, j'ai du sang français dans les veines.

Une légère rougeur venait de remonter aux
joues pâlies d'Henriette. Elle baissait les yeux.
Un sourire indécis se hasardait sur ses lèvres.
Elle était toujours belle, elle devint jolie.

Vivonne continua :

— Cependant, vous étiez trois. Il y avait là Ulrich et Franciska, qui s'aimaient bien, qui se le disaient souvent. Un honnête et chaste amour. Un amour suisse. Mais enfin de l'amour. Chaque soir, en reconduisant Franciska jusqu'à la porte de la chambre que vous occupiez avec elle, Ulrich lui baisait le front. De même, chaque matin. Le plus splendide paysage, le panorama le plus merveilleux, le Righi, la Jung-Frau, Grindelwald, rien ne le rendait heureux comme ce baiser-là. Leur pure extase vous amusa d'abord, puis vous attrista, vous irrita. Ils étaient deux, vous étiez seule. Quelle femme oserait vous jeter la première pierre !... Un ange eût succombé comme vous !

Henriette osa regarder Vivonne. La sincérité brillait sur son noble visage. Dans son regard, dans son sourire, il y avait la bonté du pardon.

— Alors, reprit-il, un homme se rencontra

sur votre chemin. Il était jeune, il était beau ;
il avait toutes les qualités qui séduisent. Ulrich
le connaissait. Sans songer à mal, il l'agréa
comme compagnon de voyage. Vous n'étiez plus
trois, vous étiez quatre. Rodolphe Cavaglia...
pardon ! je l'ai nommé... Rodolphe était toujours là, offrant l'appui de son bras pour passer
le torrent, étendant son manteau sur l'herbe où
vous alliez vous asseoir, partageant toutes vos
admirations, tous vos enthousiasmes. Que dirai-je
de plus ? Vers les derniers jours de l'excur-
sion, il vous aimait, vous l'aimiez.

— Monsieur ! se récria vivement la jeune fille
comme emportée par l'élan d'une protestation
involontaire. Mais, monsieur, qui donc peut
vous avoir appris, sinon lui-même...

— Permettez-moi d'achever, interrompit-il,
et fasse Dieu que rien dans mes paroles ne blesse
la juste susceptibilité de vos sentiments...
Rodolphe Cavaglia n'était pas d'assez bonne

noblesse pour solliciter votre main. Le comte d'Hospenthal eût refusé de l'entendre. Mais, sur ces entrefaites, une lettre d'Amérique lui arriva. « Je puis être riche, vous dit-il ; un de mes cousins, un nabab, auquel j'avais écrit, me répond que je vienne le trouver, qu'il n'a plus d'autre parent que moi, qu'il se charge de mon avenir. Voulez-vous que je parte ? Promettez-vous de m'attendre ? » Je ne vous garantis point l'exactitude des paroles ; mais c'est à peu près là ce qu'il a dû vous dire, n'est-il pas vrai ?

— A peu près, répondit-elle. Et je promis.

— Cette promesse, reprit Vivonne, ne satis-fit pas Cavaglia. Il ne voulut pas s'éloigner sans un engagement formel qui vous liât à lui. Il imagina ce prétendu mariage à Freilieben. Oh ! j'en répondrais, il était d'aussi bonne foi que vous-même. Il se crut votre mari comme vous pensiez être sa femme. Il partit le lendemain. Si faute il y a, cette faute n'a duré qu'un jour.

Henriette, cependant, avait caché sa tête dans ses mains. Elle pleurait peut-être.

Après un silence, le marquis de Vivonne changea de ton :

— Je ne voudrais pas vous parler de moi-même, mademoiselle ; mais la circonstance m'y oblige. Ce cousin d'Amérique, c'était moi... La fille d'un Cavaglia, banquier à la Nouvelle-Orléans, fut épousée par un Vivonne. Rodolphe m'avait donc écrit. Je lui avais répondu la triste vérité : tous mes parents plus proches avaient péri dans la terrible guerre qui touchait à son terme. Il arriva dans un mauvais moment. Nous ne résistions plus que pour l'honneur. Vous ne savez pas cela, mademoiselle, mais nous autres créoles, nous tenons toujours par le cœur à la vieille Europe. Quiconque en arrive est le bien-venu chez nous. Du reste, mon jeune cousin avait tout ce qu'il faut pour plaire. Il me plut. Je l'interrogeai sur ses projets d'avenir. Pauvre

garçon ! vous étiez sa pensée tout entière. Avec
une franchise qui me toucha le cœur, il me
raconta tout ce que je viens de vous répéter.
N'en veuillez pas à sa mémoire. Je lui répondis :
« Patience!... je serai probablement tué ces
jours-ci; vous hériterez de mes millions, et,
qui plus est, de mon titre, dont vous me sem-
blez digne. » Pour me le mieux prouver, sans
doute, il s'écria : « Je veux combattre à vos
côtés ! » Ah! je m'en accuse, mademoiselle, j'y
consentis. Ce n'est pas impunément qu'on est un
Vivonne ! Où je croyais trouver la mort, ce fut
lui qu'elle frappa.

— Ah! fit Henriette, vous étiez là... vous
avez vu !...

— Oui... dans la dernière bataille. Nous étions
refoulés déjà par l'ennemi. Je le vis tomber, je
m'élançai pour le secourir. Impossible!... Un
flot de cavalerie nous envahissait. Je fus blessé
moi-même. En voici la trace encore à mon

front. Cependant, la nuit suivante, je trouvai la force de m'introduire dans le camp du Nord, je parcourus les ambulances, je découvris enfin le malheureux Rodolphe! Une balle dans la poitrine, le crâne entr'ouvert, des blessures par tout le corps. Il avait été broyé sous les pieds des chevaux. A peine me reconnut-il. Mais dans la faible étreinte de sa main presque refroidie, dans le regard suppliant de ses yeux qui s'éteignaient déjà, je lus sa dernière pensée, son dernier vœu. « Henriette! » Je lui avais promis, en cas de malheur, de veiller sur vous; je lui renouvelai ce serment, à lui comme à Dieu. Il me fallait rejoindre les notres. Le lendemain, par un parlementaire, j'envoyai prendre des nouvelles de Cavaglia. Hélas! on me répondit ce qu'hier encore vous a répondu le consul : Rodolphe était mort!... Je partis pour l'Europe; je vins ici; je tiens ma parole. Oui, il peut nous regarder de là-haut tous les deux; il peut lire dans mon âme... comme dans la vôtre.

Henriette avait relevé ses yeux remplis de larmes. Albert lui-même était douloureusement ému. Un instant ils se regardèrent tous les deux ; puis elle dit :

— Vous êtes généreux... vous êtes un noble cœur... Mais ce mariage...

— C'est le seul moyen de vous rendre l'honneur, interrompit-il. Songez à votre père. Quant à moi, je vous en supplie, ne vous en inquiétez pas. Oh ! ce n'était d'abord pas mon intention. Je suis riche, très-riche. Il ne me reste que cela. J'espérais tout arranger avec de l'argent. Mais j'ai vu M. le comte d'Hospenthal. Je vous ai vue, Henriette... Oh ! rassurez-vous, je ne vous aime pas... Non... Vous êtes assurément bien belle... mais non... non, je ne vous aime pas. Devenez marquise de Vivonne, et, j'en jure Dieu, au sortir de l'église, je partirai. A moins d'un malheur, d'un danger, il faudra

que vous me disiez de revenir pour que je re-
viènne. Si vous ne me le dites jamais, je ne re-
viendrai jamais... Oh! vous pouvez m'en croire,
un Vivonne ne ment pas.

Il venait de se lever, il lui tendait la main.

Lentement, avec confiance, elle y mit la sienne.

— Merci, conclut-il.

Et il s'éloigna. . . . .

. . . .

Quelques jours plus tard, le marquis de
Vivonne épousait Henriette.

Durant les formalités préparatoires, à peine
l'avait-il revue. Il s'était entouré d'architectes,
d'entrepreneurs, de fournisseurs, pour que la
maison d'Hospenthal se relevât immédiatement
dans tout son éclat.

Au sortir de l'église, une chaise de poste attendait.

Après que son père l'eut embrassée, Henriette
suivit son mari.

Les chevaux galopèrent jusqu'au bord du lac, jusqu'au débarcadère de Fluelen.

Sur le Dampfschiff, le marquis de Vivonne fut plein d'affection, plein de prévenances pour sa jeune femme. On eût dit un amoureux.

Il en fut de même dans le wagon, de Lucerne à Olten, ce point central d'où rayonnent tous les chemins de fer de la Suisse.

Là, les deux nouveaux époux se séparèrent. Henriette s'en alla vers Berne, Albert vers la France.

Il se retrouvait seul avec Yambo.

Sortant tout à coup de sa rêverie :

— Eh bien ! Yambo, tu ne me dis rien?

— Je pense et suis inquiet.

— Pourquoi?

— Maître, vous êtes triste.

V

FRAGMENTS ÉPISTOLAIRES.

La marquise au marquis de Vivonne.

Thun, 3 septembre 1864.

Je viens d'arriver ici. Ulric et sa jeune femme m'ont reçue à bras ouverts. Ce sont des amis sûrs et dévoués. Ils garderont mon secret... notre secret.

Mais que je vous remercie encore, monsieur le marquis ! J'allais mourir, vous m'avez sauvé la vie. Nous étions déshonorés, vous nous avez rendu l'honneur. Croyez à ma reconnaissance. Elle est profonde, elle m'absorbe tout entière. Puissé-je vous le prouver un jour.

Ici, je serai tranquille et relativement heu-

reuse. Plus heureuse que je ne le mérite. C'est
à qui m'entourera d'affections et de soins. Franciska m'envie : elle désirerait un enfant. Pourquoi faut-il que ce qui lui serait une joie me
soit un regret !

Je vous écrirai bientôt, souvent. Vous me le
permettez, n'est-ce pas ? Que Dieu bénisse votre
route ! qu'il vous donne tout le bonheur que
vous méritez !

. . . .

De la même au même.

Interlaken, 10 septembre.

On vient de m'amener dans ce séjour de
plaisir et de bruit. Je ne voulais pas. On a prétendu me distraire. C'est une erreur de mes
amis. Cette foule en toilettes, ce va-et-vient
d'équipages et de joyeux piétons, le casino, les
fêtes, la musique, tout cela me fait mal. Aussi,

je m'enferme tandis qu'ils sont au concert, et je
vous écris.

J'ai quelques lignes de mon père. Il a tout
oublié, lui ! Il surveille les ouvriers, active les
travaux, se complaît d'avance à cette résurrection d'Hospenthal. Il est dans le ravissement.
Il mourra le front glorieux, le sourire aux
lèvres. C'est une grande consolation pour moi.
Je vous en remercie.

De ma fenêtre, je découvre un paysage vraiment sublime. Par delà les vertes prairies d'Interlaken, au-dessus des hautes montagnes plan-
tées de sapins, à travers la grande brèche où
coulent les deux Lutschines, j'aperçois la cime
de la Jungfrau. Sur cette neige éblouissante, un
nuage passe. Adieu le prestige ! Il en est souvent ainsi d'une femme...

. . . .

Grindelwald, 11 septembre.

Nous avons passé tout le jour dans cette
vallée sans pareille, où la nature semble avoir
rassemblé comme à plaisir tous ses enchante-
ments, toutes ses fraîcheurs, toutes ses splen-
deurs. Nous sommes à l'hôtel de *l'Aigle noir*,
dans un chalet écarté de la maison ; au milieu,
un jardin rempli de feuillage et de fleurs. Minuit
vient de sonner. Dans l'azur d'une incroyable
limpidité, des milliers d'étoiles. J'ai vue sur le
glacier. C'est une merveille. Il y a des siècles
qu'ils sont là, fièrement dressés dans le ciel,
ces pics bleuâtres, transparents, sans une tache.
Leur force est comme leur pureté, invincible.
Jamais aucune souillure, aucun contact ne les a
ternis. Ils sont inaltérables ; ils bravent toutes
les nuées, tous les orages. N'est-il pas des
hommes qui sont ainsi ?

. . . .

5.

Du marquis à la marquise de Vivonne.

Turin, 17 septembre.

Ne vous accusez donc pas, ne regrettez rien, prenez courage. Quelques gouttes de pluie, une larme et toute neige recouvre sa blancheur. Quant à moi, je ne suis nullement un glacier. Pas si froid. Vous faites trop d'honneur à mes cheveux gris. Quand il seront blancs, passe encore.

Je m'en allais en France, mais j'ai rebroussé sur Genève. Bien m'en a pris, j'y ai rencontré votre frère. Il est maintenant le mien. Un garçon de bons sens et de cœur. Je l'aime fort. Il vous écrira bientôt.

Comme vous le voyez, je suis en Sardaigne. Peut-être pousserai-je jusqu'à Rome, jusqu'à

Naples. Où que ce soit, n'oubliez pas que vous
y avez un ami.

. . . .

De la marquise au marquis de Vivonne.

Thun, 1ᵉʳ octobre.

Oui, j'ai reçu une lettre de mon frère. Mais
vous êtes donc un bon génie protecteur de notre
famille? Quoi! l'administration de tous vos biens
de la Louisiane ! Une mission qui doit l'enrichir
et qui ne saurait que lui faire honneur. Cependant, il n'a voulu l'accepter qu'après l'assenti-
ment de notre père. Savez-vous ce que le comte
d'Hospenthal a répondu? « Vivonne en a décidé!
J'approuve tout ce que fait Vivonne! » Il vous
appelle ainsi. Moi, je n'oserais pas.

. . . .

De la même au même.

Thun, 7 novembre.

Comment! près d'un mois sans m'écrire? Je
ne compte pas les quelques mots envoyés de
Florence. Où êtes-vous maintenant ? S'il me
fallait un défenseur, je ne saurais où vous appeler. *Faire suivre.* Vous ne sauriez croire
comme ces deux mots m'attristent. Vous vous
éloignerez donc toujours? Les services reçus
imposent des devoirs, mais donnent aussi des
droits. Hélas! je n'ai que ceux-là, je les réclame.

Ulric et Franciska sont toujours parfaits pour
moi. Leur maison est une demeure charmante.
C'est tout près de la jolie ville de Thun, à mi-
côte. Une villa des plus confortables et des
mieux situées. On voit le lac, les montagnes,
des forêts. Déjà l'automne les a marbrées de
fer, de cuivre et de bronze. Déjà un peu de

froidure, mais encore de belles journées. Il y a des heures de suave mélancolie, de douce tristesse. On rêve les yeux ouverts, on se sent à la fois dans ce monde et dans un autre.

Je me porte bien. Le terme approche. Parfois, une soudaine et vive douleur. Si j'allais mourir !... Vous seriez libre... et de là-haut, comme d'ici, je vous bénirais.

. . . .

Du marquis à la marquise de Vivonne.

Palerme, 23 novembre.

Ne vous alarmez pas. Ne mourez pas. Je vous le défends. Courage !

. . . .

De la marquise au marquis de Vivonne.

Thun, 17 décembre.

Je suis mère.

Vous l'avouerai-je, malgré mes appréhensions, mes regrets, bien que ce soit le malheu de ma vie, j'ai embrassé ma fille avec un élan de joie; je suis heureuse et fière en l'embrassant encore. Le médecin répond d'elle et de moi.

Oh! maintenant, je ne veux plus mourir!

Mais quand je pense à vous, mon cœur se serre. Se condamner à n'avoir pas d'enfants! Je comprends toute l'étendue de votre sacrifice. Oh! malheureuse que je suis! malheureux que vous êtes!

. . . .

Du marquis à la marquise de Vivonne.

Athènes, 2 janvier 1865.

Mais ne me plaignez donc pas; je suis un
ami, pas autre chose. Je n'ai plus de patrie.
Pourquoi une famille? Les voyages me plaisent;
je voyagerai. Ne songeons qu'à vous. Puisque
vous êtes si bien à Thun, passez-y l'hiver, voire
même le printemps. Entendons-nous bien pour
ne pas donner maille à partir aux mauvais propos. Votre honneur, c'est le mien. Il faut qu'on
respecte la marquise de Vivonne; elle ne doit
pas être soupçonnée.

Pour tout le monde, pour votre père lui-
même, nous ne nous sommes pas quittés. Vous
êtes avec moi. Vers le mois de juin, j'irai vous
prendre, afin qu'on nous voie retourner ensemble à Altorf. Au lieu d'avoir cinq mois, votre

fille n'en aura que deux. Les mois de nourrice
ne comptent pas.

Donc, n'ayez aucune inquiétude de l'avenir.
Quant à la présente année, je vous la souhaite
heureuse. A votre enfant aussi.

. . . .

Du même à la même.

Gênes, 5 juin.

Je débarque à l'instant, et passerai dans
quinze jours à Thun. Soyez prête.

VI

RETOUR.

Le comte d'Hospenthal n'était plus reconnaissable; encore moins sa maison.

L'architecte avait vraiment fait merveille. A la place de l'ancienne masure seigneuriale, s'élevait maintenant un gracieux et confortable château moderne avec un beau jardin largement fleuri, un vaste parc s'étendant jusqu'au bord du lac. Ajoutons qu'au propre comme au figuré, l'écusson d'Hospenthal était redoré tout à neuf.

Aussi, le colonel Sigismond ne se sentait-il pas de joie. Sous leur naïveté, ces bons Suisses cachent une certaine fanfaronnade. Il y a presque du Gascon chez ces Allemands-là. Le vieux comte d'Hospenthal en était la preuve vivante. Il fallait le voir, les ailes de pigeon relevées, le tricorne incliné sur l'œil, chiffonnant son jabot d'une main, brandissant sa canne de l'autre, et, d'une voix qui vibrait comme un clairon, disant à la ronde :

— Voyez mon château !... Vous connaissez mon gendre ?... le marquis de Vivonne ?... Un

palais digne d'un prince!... Mais ces ouvriers
n'en finiront pas... Zug! allez trouver l'architecte, et dites-lui qu'il aura affaire à moi!...
Zug! courez chez le tapissier; s'il n'achève pas,
je le ferai périr sous le bâton!... Ah! voilà de
beaux meubles!... du satin, du velours... des
cristaux et des bronzes. Ce sera comme aux
Tuileries... Mais pas assez de fleurs de lis... des
fleurs de lis partout... Ah! c'est ma volonté...
Palsembleu! qu'on ne m'échauffe pas les oreilles!

Un jour enfin, comme tout venait d'être ter-
miné, Vivonne et sa jeune femme arrivèrent.

Avec eux, leur enfant, porté par une superbe
nourrice bernoise, au corsage de velours retenu
par des chaînettes d'argent, à la chemisette plis-
sée, au bonnet garni de rubans et de dentelles.

Le vieux comte avait préparé la réception des
anciens jours, avec distribution de vivres, ton-
neaux défoncés, pétarades, harangue, et des
chœurs, comme à l'Opéra-Comique.

Jusqu'alors, Zug avait couru par-ci, couru
par-là, se prodiguant, se multipliant, pour exé-
cuter les ordres de son maître. Il restait immobile maintenant, tremblant d'aise sur ses vieilles
jambes, le menton branlant, les yeux tout grands
ouverts pour mieux admirer sa jeune maîtresse.
Et M. le marquis de Vivonne donc! Quand il
exigea que Zug lui touchât la main, des larmes
jaillirent des yeux de Zug.

Quelqu'un était là qui l'avait observé, qui
s'approcha, qui lui dit :

— Vous aimez donc mon maître ?

— Si je l'aime! autant que vous l'aimez,
monsieur Yambo... et ça n'est pas peu dire!

Le serviteur noir et le serviteur blanc s'étaient
compris. Chez tous deux, la même abnégation,
le dévouement, la même ferveur. Ils étaient
dignes l'un de l'autre.

Cependant, Albert avait conduit Henriette
dans l'appartement qu'il avait fait disposer tout

spécialement pour elle. C'était un chef-d'œuvre
d'élégance et de goût. Il occupait toute l'aile
droite de la villa.

— Et vous, mon ami? demanda la jeune
femme, d'abord toute charmée, toute recon-
naissante.

— J'ai mon appartement à peu près pareil,
à l'aile gauche.

Vers la fin du dîner, comme le vieux comte
se félicitait de posséder enfin son gendre, Vivonne
lui répondit :

— Hélas! non, monsieur le comte, je n'aurai
pas le plaisir de rester encore auprès de vous.
Voilà près d'une année que dure mon voyage
de noces; il est temps que je songe à mes affaires. J'en ai d'urgentes. Il faut que je reparte
dès demain.

— Demain soir? demanda Henriette.

— Demain matin, répondit-il, il le faut.

Une heure plus tard, il reconduisait sa jeune

femme jusqu'au logis de l'aile droite, et là, sur
le seuil, il prenait congé d'elle amicalement,
courtoisement, après un baise-main, comme au
temps du roi Louis XV.

— Je ne vous dis pas adieu, murmura-t-elle,
nous nous reverrons avant le départ.

Mais le lendemain matin, lorsqu'elle s'informa
de son mari, la femme de chambre lui rapporta
cette réponse :

— Monsieur le marquis n'a pas voulu réveiller
madame la marquise. Il s'est mis en route au
petit jour.

Henriette ne put dissimuler un mouvement
de chagrin. Durant toute la journée, voire même
les jours suivants, elle fut triste.

Un mois se passa, deux mois, trois mois. Le
marquis de Vivonne était dans l'extrême Nord,
tout au fond de la Suède, en Islande. Il revint
par la Russie. Ses lettres étaient rares et brèves,
mais affectueuses, et témoignaient une parfaite

tranquillité d'esprit. Cette existence nomade semblait le rendre heureux ; il la justifiait par ce grand mot, *affaires*, qui répond à tout. Vers la fin d'octobre, il écrivit de Vienne ; il se rapprochait. Cependant, il ne parlait pas de son retour.

A plusieurs reprises, dans ses lettres, la jeune femme en avait laissé deviner le désir. Elle lui répondit cette fois : « Venez, je suis souffrante ; j'ai besoin de vous voir, ne fût-ce qu'un instant. Venez. »

Quatre ou cinq jours plus tard, juste le temps nécessaire pour que la lettre lui soit arrivée, pour que la vapeur et la poste lui aient permis d'accourir, il était là.

Encore avait-il dû traverser le Saint-Gothard en traîneau, par vingt pieds de neige. Une impossibilité vaincue, mais non sans péril, à force d'argent et d'impatiente audace.

Il arriva vers la nuit, tout couvert de four-

rures et de frimas, qu'il secoua gaiement sur le
seuil.

Henriette était accourue à sa rencontre.

— Ah! s'écria-t-elle, vous avez été impru-
dent... vous avez souffert...

— Pas le moins du monde! répliqua-t-il.
Mais vous même... cette maladie.   ça va donc
mieux?...

— Oui, dit-elle en lui tendant a main, je suis
contente.

En ce moment la nourrice accourut, portant
l'enfant dans ses bras. Elle avait cru bien faire;
le père arrivait.

Henriette se précipita devant elle, cherchant à
la masquer aux yeux de son mari.

Mais lui, très-calme, le sourire aux lèvres, il
éloigna la mère, il embrassa l'enfant.

Ce fut d'abord pour Henriette une joie. Puis,
immédiatement, une douleur. Il était donc bien
indifférent, cet homme!

Effectivement, il fut très-gai durant le souper,
durant l'entretien qu'il eut ensuite, avec sa
femme. Ils étaient assis en face l'un de l'autre,
au coin du feu, dans la chambre bien close.
Au dehors, le vent faisait rage. Le lac grondait
dans le lointain, la neige et la grèle fouettaient
contre les vitres. Une de ces situations où les
jeunes époux se rapprochent et causent à voix
basse, la main dans la main, heureux de se
sentir abrités tous les deux dans un même nid,
tout à l'entour duquel tourbillonne en vain la
tempête.

Vivonne se tenait à distance, renversé sur son
fauteuil, et, parfaitement à l'aise, sans apparente émotion, parlait de ci, de ça, racontait ses
voyages avec une spirituelle bonhomie, avec
une verve charmante.

Puis, à la sonnerie de la pendule, se levant
tout à coup :

— Minuit ! déjà !... Le temps passe vite auprès

de vous, madame la marquise... Ce que c'est pourtant que de friser la quarantaine !... on se croyait de fer... eh bien ! non... il faut que je l'avoue, je tombe de fatigue et de sommeil. A demain.

Il sortit.

. . . .

En ce même moment, dans l'antichambre, Zug et Yambo terminaient également une intime et longue conversation. Ils s'étaient interrogés, consultés l'un l'autre.

— Yambo, conclut Zug, votre maître n'est pas heureux !

— Zug, conclut Yambo, votre maitresse n'est pas heureuse !

VII.

INTIMITÉ.

Les deux fidèles serviteurs avaient raison, du moins quant à la marquise.

Après le départ du marquis, elle s'était laissée tomber sur son siége et, durant de longues heures, elle y resta, le corps à l'abandon, les deux mains sur son genou, la tête inclinée sur l'épaule, sans rien de précis dans la pensée, sans rien voir. Elle pleurait.

Les bougies se consumèrent. Le feu s'était éteint. Elle ne bougeait pas. Ses larmes coulaient toujours. Enfin le froid la réveilla. Le lendemain, ses traits témoignaient d'un grand abattement.

— Qu'avez-vous donc? lui demanda le marquis avec une inquiétude toute paternelle; mais

qu'avez-vous donc ce matin, je vous trouve
pâle?

Cet intérêt même exaspéra son orgueil. Elle
redressa fièrement la tête; elle répondit avec
une souriante ironie :

— Je n'ai rien, moi... absolument rien...
Mais vous-même, monsieur le marquis, comment vous trouvez-vous de votre voyage?...
De la fatigue encore?... un peu de rhume?...
Ah! dame!... c'est un pénible plaisir que de
toujours courir le monde... On s'amuse, mais
pas toujours sans regrets. Altorf est très-amu-
sant aussi... le lac, le paysage, les touristes qui
passent avec leur bâton ferré, le souvenir de
Guillaume Tell... Ah ça ! on ne déjeune donc pas,
ce matin... je me sens en appétit.

On se mit à table. Elle continua sur ce ton,
l'œil brillant, la repartie prompte, charmante
de verve et d'esprit.

— Bravo ! applaudissait le comte d'Hospenthal; bravo, ma fille! Il y a bien longtemps que je ne t'avais vue si gaie. C'est comme une fièvre!

Zug et Yambo, qui servaient, échangèrent un regard. Ils l'avaient devinée, cette fièvre-là.

Vivonne parlait peu, se tenant sur la réserve.

Jusqu'au soir, il visita le château et ses dépendances; il chassa le lendemain, fit une longue traite à cheval le troisième soir, et, le quatrième, parla de son prochain départ comme de la chose la plus naturelle du monde.

— Comment! encore? se récria le comte d'un air tout chagriné.

— Est-ce pour aller en Amérique? demanda railleusement Henriette.

— Non, répondit Vivonne; j'ai juré de n'y reparaître jamais! D'ailleurs, votre frère me remplace supérieurement là-bas. Je me repose sur lui de l'administration de toutes mes propriétés, comme aussi de leur défense. Dernièrement,

lors d'une attaque des sauvages, il a fait preuve
d'un admirable sang-froid... ce qui est. à mon
sens du moins, le premier de tous les courages.
Henry d'Hospenthal a sauvé toute une colonie.
C'est un fils digne de vous, monsieur le comte.

— Merci ! s'écria le vieillard reconnaissant :
il vous devra de reconquérir la fortune de ses
ancêtres. Mais puisque c'est pour vous un si
parfait lieutenant, restez donc avec nous !...

— Impossible ! J'ai des affaires également en
Europe. Puis, pour cause d'acclimatation je
dois passer l'hiver en Égypte.

Et Vivonne parla d'autre chose.

Après le café, Henriette, passant son bras
sous celui de son mari, lui demanda tout à coup :

— Pourquoi donc avoir fait bâtir ce splendide
château ?

— Mais, répondit-il galamment, pour madame la marquise de Vivonne.

— Le marquis ne l'habitera donc jamais ?

— Je ne dis pas cela. Nous vieillirons.

— Mais je n'ai pas vingt ans! vous, trente-six, je crois...

— Trente-sept!

— N'importe, ce sera long!... Si je vous en priais... voyons... pour mon père, qui est déjà vieux, lui, et qui n'a pas le temps d'attendre. Il vous aime, il serait heureux. Ne partez pas!... à moins pourtant que vous n'ayez des raisons...

— J'en ai.

— Lesquelles?

— Une seule, mais une bonne.

— Dites.

Il hésita. Puis, souriant :

— Si vous la connaissiez, vous seriez la première à me presser de partir.

— Mettez-moi à l'épreuve.

— Heu! heu!... Si vous saviez ce que vous me demandez là !

— Mais voyons donc ! un mot, deux mots.

— Il m'en faudrait trois.

— Alors ; dites-les... c'est bien facile.

— Pas tant que vous croyez ! Tenez-vous bien
à les savoir ?

— Énormément !

— Eh bien ! eh bien ! je vous les laisserai par
écrit quand je m'en irai. Mais sachez-le d'avance, ce sera pour six mois... ni plus ni moins...
Vous savez que je n'ai qu'une parole.

. . . .

Le lendemain matin, Zug remit à sa jeune
maîtresse un billet.

Vivonne était parti.

Le billet contenait ces trois mots :

« Je vous aime. »

VIII

LE BERCEAU.

Ainsi qu'il l'avait annoncé, Vivonne passa tout l'hiver en Égypte.

Une correspondance des plus affectueuses s'échangeait entre les deux époux. Cependant, de la part de la femme, rien ne témoignait qu'elle eût souvenir de l'aveu de son mari. Rien de la part du mari ne renouvelait cet aveu.

Le jour même où expiraient les six mois, il reçut sous enveloppe son propre billet, au bas duquel la main d'Henriette avait ajouté ce seul mot :

« Venez. »

Moins d'une heure après, il était en route.

Cette fois, sur le seuil d'Hospenthal, il y eut un spontané et long embrassement.

Zug et Yambo échangèrent un joyeux regard.

C'était le soir. Un tiède et beau soir de mai. Le ciel, les montagnes, la vallée, le lac, la nature tout entière semblait en fête. Mystérieux frémissements de la terre, chansons des oiseaux, caressantes brises, parfums des fleurs, tout semblait dire : Aimez ! aimez !

Sans le comte d'Hospenthal, le repas fût resté silencieux. Ils laissaient parler le vieillard ; ils se regardaient, elle ne songeant qu'à lui, lui ne voyant plus qu'elle. Tout ce qui n'était pas eux n'existait pas. L'amour, pour chaque couple, renouvelle éternellement la fable de l'Eden. Il est au printemps de la vie un jour, une heure où le paradis terrestre redevient une réalité. Tout vous charme et vous obéit. On s'élève, on domine, on plane. La création tout entière vous appartient. Les lions eux-mêmes rampent à vos pieds. Dans la nature splendide, idéale, on n'est plus que deux : un homme, une femme !

Henriette et Vivonne se trouvèrent bientôt ainsi, mais ayant entre eux le berceau de l'enfant. C'était Albert lui-même qui l'avait fait apporter là. Au-dessus du chérubin endormi, sa main se tendit vers Henriette. Elle y mit la sienne, tous deux, ils se souriaient, gardant le silence. Cependant l'enfant entr'ouvrit les yeux. Un sourire aussi passa sur ses lèvres. Les cœurs se fondirent, les bras se cherchèrent.

Tout à coup, la fenêtre s'ouvrit violemment. Un homme parut sur le balcon, jetant un cri de colère.

Les deux époux, les deux amants, y répondirent par ce même cri de stupeur :

— Rodolphe Cavaglia !

IX

UN DE TROP.

Ce n'était pas son fantôme, c'était bien lui.

Il était grand, très-brun, très-beau.

Sur son visage, dont la lune augmentait encore la pâleur, on devinait de longues souffrances, une poignante douleur, tout le ressentiment du désespoir. C'était comme un spectre sortant du tombeau. Il se croyait en droit de punir. Il arrivait pour se venger.

Cependant, Henriette et Vivonne restaient immobiles, effarés, muets : elle, n'en voulant pas encore croire ses yeux ; lui, s'apprêtant à la protéger, à la défendre.

Avec une accentuation italienne, avec une stridente ironie, Rodolphe Gavaglia dit enfin :

— Je veux parler à la marquise de Vivonne...
Je le veux !

Calme et digne, le marquis répliqua :

— Ce nom seul eût dû vous rappeler que
c'est à moi, son mari, qu'il faut qu'on s'a-
dresse.

— Son mari ! s'écria Rodolphe avec une
sombre amertume.

Puis, nettement, d'un ton résolu :

— Eh bien ! soit. Je viens chercher mon
enfant.

Henriette fit un pas vers le berceau. Cavaglia
eut dans la gorge comme un sanglot, mêlé d'un
éclat de rire.

— Ah ! vous avez beau faire, vous n'empê-
cherez pas que ce ne soit mon enfant !

Les deux bras en travers du berceau, la mère
épouvantée, éperdue, se laissa glisser sur les
genoux.

— Rodolphe ! Rodolphe !

Il fit un mouvement pour s'élancer vers elle. Albert se dressa devant lui.

Les regards des deux hommes se croisèrent comme des éclairs d'épée.

Simplement, noblement, Vivonne dit à Cavaglia :

— Vous vous trompez monsieur ; cet enfant porte mon nom. Je l'ai reconnu par un légitime mariage ; et, puisque vous savez...

— Je sais tout ! gronda l'Italien avec rage.

— Tant mieux ! répliqua sans s'émouvoir l'Américain ; vous comprendrez plus facilement que personne ici n'a le droit de rien reprocher à personne.

— C'est ce qu'une explication me prouvera, déclara Rodolphe en s'exaspérant. Il me semble qu'on ne peut pas me refuser cela. C'est mon droit. Il me la faut... mais pas avec vous... avec elle !

Vivonne à son tour s'emporta :

7

— Monsieur ! monsieur, songez à qui vous parlez... prenez garde !

Cependant, Henriette avait recouvré toute sa force d'âme. Superbe de calme et de noblesse, elle s'avança entre eux, et, leur désignant un siége à chacun :

— Cette explication ne saurait avoir lieu qu'entre nous trois. C'est moi qui l'exige. Ah ! c'est ainsi... si cette rencontre est un malheur, évitons que ce ne soit une honte. Tout à visage découvert et loyalement. Pas l'ombre d'un doute ou d'un soupçon sur le passé, sur l'avenir. Pour moi surtout, c'est une question d'honneur. Parlez donc, Cavaglia, je vous écoute.

Elle s'assit. Dominés par son exemple, les deux hommes l'imitèrent.

Rodolphe, sommé par les deux regards qui se fixaient sur lui, Rodolphe voulut parler. La voix se brisa dans sa gorge. Il se prit la tête à deux mains, et lui, cet homme de violence et de passion, ce furieux, ce terrible, il sanglota.

Mais, domptant cette faiblesse, relevant avec fierté sa belle tête italienne :

— Comme je l'aimais ! dit-il, comme je l'aime !... Pour qui me suis-je expatrié ?... pour elle !... Pour qui ai-je combattu ?... pour lui !... Il m'a cru mort, je le veux bien. Par Dieu !... tout mon corps n'était plus qu'un lambeau, qu'une plaie, comme maintenant mon cœur ! J'étais déjà dans la terre, avec les autres. Un frissonnement, un soupir m'a fait remarquer d'un chirurgien. Oh ! pourquoi ne m'a-t-il pas laissé dans cette fossé ? Mais non... non... on m'en retira... par curiosité. Un cadavre qui s'obstine à vivre, c'est rare !... Il fallut six mois pour me guérir. Quand je fus guéri, j'étais fou... Oui, fou !... tous les hommes et les chevaux m'a-vaient frappé à la tête. J'ai passé toute une année dans un hôpital, ne me souvenant pas, ne comprenant rien, ne pouvant articuler qu'un

seul mot que je répétais sans cesse : Henriette !
Henriette ! Henriette !... Enfin , un second
miracle me rend la raison. Je me souviens... je
pars aussitôt... j'arrive... Oh ! mais comprenez
donc ce que j'ai souffert... ce que je souffre !...
Lui, cet homme, il a le rang, la fortune. Moi,
rien que vous, Henriette !... Et je vous per-
drais !... vous seriez à lui !... Non ! non !... Dieu
ne voudra pas... Dieu serait injuste !...

A bout de forces, palpitant, épuisé, il s'arrêta.

Il y eut un long silence.

Puis, Henriette, avec l'accent ému d'une pitié
profonde :

— Rodolphe, dit-elle, vous nous connaissez
tous les deux. Pouvez-vous croire, de sa part
ou de la mienne, à une trahison ?

— Eh ! s'écria-t-il brusquement, je le connais. On peut le haïr, mais le mépriser, non.

— Rodolphe, reprit-elle gravement, solennellement, je veux du moins vous épargner le supplice de la jalousie. Ni à lui, ni à vous. A mon enfant et à Dieu !

Depuis quelques instants déjà, Vivonne les regardait tour à tour et semblait s'apitoyer sur leur douleur. Si jeunes et si beaux tous les deux! Un seul obstacle... lui! Un projet vague encore, mais généreux, se lisait sur son front pensif. Il se leva tout à coup, et, sans qu'il y eût dans sa physionomie, dans son attitude, autre chose que la courtoisie du gentilhomme :

— Ne désespérez ni l'un ni l'autre, dit-il. Qui sait ? Il y a peut-être un moyen. Je chercherai, je trouverai... Demain vous aurez ma réponse. Monsieur Cavaglia, veuillez vous éloigner. Je sors en même temps que vous. A demain, madame. Rodolphe, à demain.

Cédant à la douce et ferme autorité du regard et du geste qui avaient accentué ces paroles, Cavaglia disparut comme il était arrivé, par le bal-

con. Vivonne avait pris également ce chemin. Le
balcon, régnant dans toute la largeur du premier
étage, réunissait les deux ailes.

Henriette resta seule. L'énergie qui l'avait
jusqu'alors soutenue l'abandonna tout aussitôt.
Elle se laissa tomber sur un siége, et là, durant
près d'une heure, elle resta immobile, atterrée,
morne. Puis, tout à coup, se redressant avec
effroi, comme frappée d'une inspiration d'en
haut :

— Ah ! s'écria-t-elle, il va se tuer !

Elle s'élança au dehors, courut sur le balcon,
atteignit une fenêtre éclairée.

Cherchant, trouvant un interstice dans les
rideaux, elle regarda.

Vivonne était debout, cachetant une lettre de
noir ; puis, levant son regard vers le ciel étoilé,
qu'on entrevoyait à travers les deux châssis dis-
joints de la fenêtre, il s'arma d'un couteau ma-
lais, le leva sur sa poitrine.

Jeter un cri, passer par la fenêtre, saisir l'arme, ce fut pour Henriette le temps d'un éclair.

— Ah! mais je ne veux pas non plus que vous mourriez, moi! Chacun son tour!

Mais elle n'avait pu que détourner, amortir le coup. Blessés tous les deux, ils tombèrent ensemble, ensanglantés, presque évanouis.

. . . .

En ce même moment, un homme, Cavaglia, qui venait de voir passer l'ombre d'Henriette, remonta sans bruit à l'autre extrémité du balcon, entra dans la chambre, saisit le berceau dans lequel l'enfant dormait toujours, et, l'emportant dans la nuit:

— Ils me trompaient! murmura-t-il. Mais quand on veut avoir la lionne, il faut lui prendre ses lionceaux! J'ai l'enfant; j'aurai la mère!

. . . .

Le lendemain, vers l'aube, Yambo et le guide
Fritz Kulm étudiaient attentivement des empreintes encore visibles sur la terre humide de
rosée.

Zug survint :

— Que cherchez-vous donc là, Yambo ?

— Une piste.

X

ESCARMOUCHE.

La disparition de l'enfant, la blessure de
Vivonne et de sa femme, tout resta secret, même
pour le vieux comte d'Hospenthal.

A son réveil, lorsqu'il voulut embrasser sa
fille, sa petite-fille, on lui répondit que l'enfant
avait été malade durant la nuit, et que la mère,

pour consulter un médecin célèbre, venait de le porter à Lucerne.

Une seule chose était vraie dans tout cela : le départ d'Henriette.

Après avoir calmé son premier désespoir, Vivonne lui avait dit :

— Pas d'éclat, pas de scandale. Cachons, dissimulons toutes nos blessures. Évitons même d'éveiller l'attention publique. On s'étonnerait, on voudrait savoir. Qu'on ne sache rien. Votre présence ici ne servirait qu'à nous trahir. Comptez sur moi. Partez pour Thun.

— Mais mon enfant! ma fille!

Vivonne s'était contenté de lui répondre par un regard, un serrement de main; elle avait eu confiance... elle était partie.

Partie avec la nourrice. Cette femme aurait pu parler, Henriette pourrait s'entretenir avec elle du trésor perdu.

Vivonne, libre de ses mouvements, tint con-

7.

seil avec Zug et Yambo. Leur discrétion, comme leur dévouement, était à toute épreuve.

La première pensée de Yambo fut de savoir comment, par où le ravisseur était venu, s'était enfui.

Zug courut chercher Fritz Kulm, le seul guide qui connût tous les sentiers d'alentour, tous ceux de la Suisse.

Quant à Vivonne, il cherchait Cavaglia.

Vainement les deux serviteurs et le guide s'efforcèrent de l'entraîner sur la piste qu'ils avaient découverte. Il les laissa partir, les excitant, leur donnant de l'or à semer sur toutes les routes, mais lui-même resta à Altorf.

— Il la croit encore ici, pensait Vivonne ; il y reviendra.

Trois jours s'étaient écoulés. D'heure en heure, Vivonne s'informait. Cavaglia reparut enfin, à l'hôtel du *Lion Noir.*

Immédiatement, il l'alla trouver.

Rodolphe était blême et paraissait brisé de fatigue. Nonobstant, dans ses traits, une sombre énergie, une volonté indomptable.

— Ah! fit-il en voyant entrer le marquis, ah! vous voilà, cousin?...

— Êtes-vous donc étonné de ma visite? demanda Vivonne.

— Non, je m'y attendais. Que venez-vous me proposer?

— La moitié de ma fortune... ma fortune tout entière.

Cavaglia haussa les épaules et sourit.

Albert s'écria :

— Mais que voulez-vous donc?

Rodolphe répondit :

— Elle.

Chose étrange, pas plus avec Cavaglia qu'avec Henriette, on ne s'était demandé quel était l'auteur du rapt. Nul doute, pas d'affirmation ni de démenti. Chacun savait à quoi s'en tenir. C'é-

tait comme une partie qui se jouait à jeu découvert.

Après un temps, Vivonne reprit :

— Avant tout, monsieur, souvenons-nous
d'une chose qui doit nous être également
sacrée... la réputation de la femme que nous
aimons tous les deux.

— Ah ! s'écria Rodolphe, vous l'avouez donc ?

— Pourquoi m'en défendrais-je ?... je ne
voulais d'abord que tenir ma parole envers vous,
la sauver, être son ami, son frère. L'amour est
venu. Un amour profond, dévoué. Aucun sacrifice ne me coûtera pour qu'elle soit heureuse.

— Même avec moi, monsieur de Vivonne ?

— Même avec vous, Cavaglia.

Un rire nerveux passa par les dents serrées
de l'Italien.

— Et vous croyez l'aimer ! s'écria-t-il. Moi,
plutôt que de la savoir heureuse avec un autre,
je la veux désespérée, je la voudrais morte !

Il y eut une seconde pause.

Rodolphe allait et venait par la chambre, avec des allures de bête fauve. Albert, immobile, réfléchissait.

— Ainsi, reprit-il, vous ne voulez rien entendre?

— Rien.

— C'est une lutte?

— Comme vous dites.

— Et, pour en sortir vainqueur, vous ne reculez pas même devant un crime?

— Pas même devant un crime. Mais distinguons... le passé ne compte pas... je n'ai fait que reprendre mon bien. Défendez le vôtre.

— Cavaglia! Cavaglia! vous entrez dans une mauvaise voie.

— C'est possible... mais j'aime et je veux! Transiger, réfléchir, allons donc! Mes blessures ne sont pas si bien fermées que je sois sûr de vivre longtemps; il faut que je sois heureux.

Dispensez-vous donc de vouloir m'attendrir ou me raisonner. Est-ce que je puis entendre raison, moi?... Hier encore j'étais fou... je le serai peut-être demain... Mais pardon, j'allais partir. Puisqu'elle n'est plus ici, vous comprenez... Merci de vos conseils. Au revoir...

Rien de sarcastique, rien d'insultant comme ces derniers mots de Rodolphe. Albert, à la fin, s'emporta. La colère brillait dans ses yeux, ses lèvres laissèrent échapper comme une provocation.

— Ah! quant à cela, je veux bien! dit Cavaglia, le regardant en face.

Vivonne devint très-pâle; mais, avec un douloureux effort, se calma tout à coup.

— Sachez-le, répondit-il, madame de Vivonne m'a fait promettre de ne jamais me battre avec vous.

— Ah! ah! c'est commode...

— Monsieur!...

— Plaît-il?...

— J'ai juré.

— Alors, que me voulez-vous?... Je ne suis pas de ceux qu'on effraye avec la justice de Dieu.

— Peut-être; mais il y a celle des hommes.

— Un procès?... Ah! ah! les avocats raconteraient de jolies choses!... Oubliez-vous donc que vous avez commencé par me dire qu'il fallait, avant tout, ménager l'honneur de madame la marquise de Vivonne?

Vivonne eut un nouveau mouvement pour bondir sur Cavaglia. Mais, se domptant encore, avec une dignité sous laquelle on sentait la force :

— C'est juste, conclut-il. Et d'ailleurs, à quoi me servirait de vous tuer? Cela ne rendrait pas son enfant à la mère qui le pleure. Mais les circonstances ne seront pas toujours les mêmes. Comme vous le disiez fort bien, nous nous

retrouverons. Il faut l'espérer... je l'espère...
Au revoir...

. . . .

Quelques instants plus tard, vers différents
endroits convenus d'avance avec Yambo, Vivonne expédiait ce même télégramme :

« Il a mis trois jours pour revenir ici. L'enfant doit être à trente-six heures d'Altorf. »

Puis, lui-même, il partit pour Thun en se
disant :

— Elle est là, c'est là qu'il va.

XI

UNE MÈRE.

Ni les encouragements d'Ulric, ni les consolations de Franciska ne parvenaient à ramener
l'espérance, ou tout au moins le calme dans

l'âme endolorie, dans le cœur brisé d'Henriette.

Sans cesse elle pensait à son enfant, sans cesse elle en parlait.

— Ma chère petite fille! mon Emmeline!... qu'en a-t-il fait?... la reverrai-je!... Elle est si mignonne et si délicate... elle avait tant besoin de mes soins, de mes baisers... de sa mère!... Si elle allait tomber malade... mourir!... Oh! mon Dieu! mon Dieu! Mais c'est horrible de penser à cela! Bien sûr, ses pauvres petites joues ne sont déjà plus si roses, ses yeux si vifs, son sourire si gai!... Cher petit ange!... il me semble que je la vois, tout attristée, toute pâle!... Ce doit être un pressentiment... Moi seule je pourrais la sauver... Ah! pour l'em-brasser, pour la revoir, ne fût-ce qu'un instant, je donnerais ma vie!...

Elle avait emporté des brassières, des petits bonnets, des petites robes, des petits souliers, un hochet d'ivoire, des joujoux, toutes sortes d'objets ayant appartenu à sa fille. Elle les étalait autour d'elle, leur parlait, leur souriait, les embrassait, habillait parfois le petit être absent, le chérubin imaginaire, et passait de longues heures à le regarder, pleurant toutes les larmes de ses yeux.

D'autres fois elle s'en allait dans le parc, flairant l'air, aspirant à l'espace, suppliant Dieu de l'éclairer, de la conduire, ou bien encore s'emportant, s'exaspérant contre tous ceux qui l'entouraient, qui disaient l'aimer, et qui ne retrouvaient pas son enfant !

Vivonne arriva. Il fut effrayé, navré de la profonde altération de la santé d'Henriette. En quelques jours un si grand changement ! Que serait-ce donc si l'enfant ne lui était pas rendu !

Tour à tour, elle le remercia, le maudit, l'encouragea, le désespéra, l'éloignant du geste ou pleurant dans ses bras.

Cependant, Zug et Yambo donnaient de leurs nouvelles. Chaque matin, chaque soir, une lettre. Parfois un indice, un espoir, mais qui se démentait le lendemain. Ils s'étaient crus sur la piste, ils en exploraient une nouvelle. Et les heures s'envolaient. . Rien encore! Rien toujours!

Du reste, Vivonne n'avait fait que traverser Thun. Ce n'était pas un homme à rester inactif pendant que les autres agissaient. Il venait de rejoindre ses émissaires du côté de Berne.

Avant de s'éloigner, montrant Henriette à Franciska, à Ulric, il leur avait dit :

— Veillez sur elle! Consolez-la, quand elle veut qu'on la console! Laissez-la pleurer librement, quand il lui faut la solitude et la liberté!

Le soir de ce même jour, comme Henriette était seule au fond du parc et laissait parler tout haut sa douleur, Cavaglia parut soudainement devant elle... il répondit à son dernier cri :

— Votre enfant... notre enfant... vous voulez le revoir... suivez-moi... venez...

XII

DANS LE PARC.

Henriette eut un premier mouvement pour
suivre Cavaglia.

Mais, s'arrêtant tout à coup, et par un héroïsme de volonté, l'épouse retenant la mère:

— Non ! je ne dois pas.. je ne veux pas !...
Une première fois j'ai pu faillir, je ne faillirai pas
une seconde fois. Je suis la fille du comte d'Hospenthal, je suis la marquise de Vivonne. Non,
vous dis-je ! Et cependant, il s'agit de mon
enfant, de ma fille ! Je la sens, je la vois, elle
m'appelle ! Mais je suis la femme d'un autre. Il

y a le devoir, il y a l'honneur... Pour retrouver
mon enfant, j'irais, je marcherais jusqu'au bout
du monde... dussé-je me traîner sur les genoux.
Mais avec vous, non ! J'en mourrai, mais je
n'irai pas... je n'irai pas !

A travers cette énergique réponse, Rodolphe
avait commandé, supplié, mis en œuvre tous
les arguments qu'inspire la passion. Inutiles
efforts. Ils venaient se briser contre la vertu de
la jeune femme, ainsi que, contre un rocher, des
vagues impuissantes. Il en vint à dire que la
petite fille avait souffert, qu'elle était en péril.

— Ah ! je pars ! cria la mère.

Mais l'épouse aussitôt, se reculant :

— Qui me prouve que c'est vrai?... qu'on ne
vous l'a pas arrachée... que vous l'avez encore...
Ah ! mais vous m'avez trompée déjà, je ne vous
crois plus !

Cavaglia devenait livide. Avec la pose, le
regard, le sourire d'un démon tentateur, il dit :

— Voulez-vous que, pour un instant, de loin,
je vous la montre?

— Oui!... où cela?,.. quand cela?...

— Mais... après-demain.

— Pourquoi pas tout de suite?

— Impossible... Je viendrai là... de l'autre
côté de ce saut de loup, comme un paysan qui
passe et fait halte. La petite sera dans mes bras.
De cette fenêtre, qui, je crois, est la vôtre, vous
pourrez la regarder tout à votre aise. Mais vous
allez me jurer, entendez-vous, me jurer sur cet
honneur dont vous êtes si fière, par la vie de
votre enfant, que personne ne saura... que vous
n'aurez pas un cri, pas un geste qui puisse me
dénoncer, me trahir.

— Je vous le jure. Allez! allez!

— Du reste, serment pour serment. Vous me
connaissez. Plutôt que de me la laisser reprendre, moi-même, je lui briserais la tête contre
cette muraille!

— Ah !

— Tenez-vous-en pour avertie. Et, d'autre part, qu'une chaise de poste sera là, sur la lisière du bois. Si vous vous décidez à partir avec le père, avec l'enfant, vous viendrez. Donc, c'est bien convenu, après-demain, à la même heure.

Henriette s'était laissée tomber sur un banc, la tête dans ses deux mains.

Cavaglia disparut en se disant :

— Elle viendra.

XIII

TANTALE.

A l'heure dite, Henriette attendait.

La fenêtre était toute grande ouverte.

Bien qu'au premier étage, par une disposition particulière du terrain, cette fenêtre était presque de niveau avec la route, le parc allait en contre-bas, profondément vallonné. A vol d'oiseau, le balcon et le saut de loup se trouvaient à courte distance ; il fallait un certain détour, un certain temps pour courir de l'un à l'autre.

C'était au déclin du jour. Ciel pur, calme profond, solitude complète dans le jardin de la villa ; rarement un passant sur le chemin, un grand silence.

Tout à coup, au dehors, dans l'encadrement du saut de loup qu'entouraient des lianes fleuries, un paysan parut, portant avec précaution un petit enfant.

C'était Cavaglia, c'était Emmeline.

De l'autre côté de la route, sur la lisière du bois, il y avait un banc.

Cavaglia s'assit, posa l'enfant tout debout sur son genou, la tourna doucement vers la fenêtre.

Henriette était là, charmée, béante, souriante,

belle, non-seulement de toute sa beauté, mais plus encore, de tout son amour maternel. Tour à tour son visage resplendissait et s'attristait. Quelle joie !... quel regret !... Elle ne pouvait embrasser son enfant ! mais du moins il était là ! Son cœur, ses yeux, ses lèvres, tout son être volait à lui !

La pauvre petite Emmeline avait dix-huit mois à peine ; mais Cavaglia dirigeait son attention vers le balcon. Elle y voyait une belle dame... sa mère... lui souriant, lui faisant des gestes. Elle se prit également à sourire, et lui tendit ses petits bras.

Henriette ne put retenir un cri. Cavaglia rapprocha vivement l'enfant de sa poitrine, avec une attitude menaçante.

Sa menace revint à l'esprit de la pauvre mère. Elle agita les mains... elle les joignit, comme pour promettre de ne plus recommencer, comme le suppliant de rester encore.

8

Tout à coup, derrière elle, dans la chambre, il y eut le bruit d'une porte qui s'ouvrait.

Elle se retourna.

C'était Vivonne.

XIV·

LE BAISER AU MIROIR.

Vivonne remarqua l'agitation, l'émotion d'Henriette.

— Mais qu'avez-vous donc, Henriette?... Je ne vous reconnais plus. Cette physionomie ranimée, ces yeux brillants, ces vives couleurs... Ah!... voilà que maintenant vous redevenez toute pâle... Qu'y a-t-il?...

Elle se débattait sous le regard de son mari, n'osant plus regarder vers le balcon, s'efforçant de dissimuler son trouble, mais balbutiant d'une voix qui le révélait plus encore :

— Moi ? rien... Que voulez-vous dire ? Je n'ai rien... Vous vous trompez... je suis calme.

Il prit sur la table un petit miroir à main, et, le lui donnant :

— Mais regardez-vous donc !

Du premier regard, dans le miroir qui se trouvait en droite ligne avec le saut de loup, Henriette retrouva l'enfant.

Sa fille !... sa jolie petite Emmeline, qui lui souriait encore, qui lui tendait encore ses petites mains.

Vivonne, qui cherchait un siége, s'était retourné pour un moment.

Elle approcha doucement le miroir de ses lèvres, en ayant grand soin qu'il réfléchît toujours l'enfant... et, sur cette chère image, elle mit un baiser furtif.

Puis, s'élançant vers la fenêtre :

— Partez ! cria-t-elle à Cavaglia, partez !

Vivonne, fit un pas, étonné, presque sévère.

— Dans un instant, lui dit-elle, je vous répondrai... je m'expliquerai... Rien qu'un instant, je vous en prie.

Il se tut ; elle prêtait l'oreille.

Au milieu du profond silence, on entendit tout à coup le roulement d'une chaise de poste qui partait au galop.

— Ah ! s'écria vivement Henriette, qui barrait à Vivonne le chemin de la fenêtre, ah ! ne regardez pas... ne bougez pas... il la tuerait !

— Il la tuerait !... qui donc était là ?... qui s'enfuit ?

Henriette attendit un instant encore. Puis fièrement, superbement :

— Cavaglia ! Il était là, avec elle, avec ma fille... et j'ai refusé de les suivre... parce que je suis la marquise de Vivonne, votre femme. Trouvez-vous que je sache porter votre nom ? Suis-je digne de vous ?

X V

SAXON-LES-BAINS.

Les jeux, exilés de France, se sont réfugiés un peu partout, même en Suisse, ce pays ultra-moral.

Saxon-les-Bains, non content de ses excellentes eaux minérales, a cru devoir leur adjoindre un trente et quarante et une roulette. Singulière thérapeutique. C'est comme une toile d'araignée en travers du Valais, une tache au milieu de cette superbe nature. Nonobstant, on peut perdre là son argent tout comme ailleurs. On a les consolations du paysage, et même, en cas de besoin, de hautes montagnes à pic que l'administration du Kursaal semble avoir placées

8.

là tout exprès pour la plus grande commodité des joueurs malheureux.

Le casino flamboyait dans la nuit. Un petit casino en forme de chalet. Simple asile de l'innocence helvétique, à quoi vous fait-on servir !

Dans la partie la plus sombre du jardin, un homme, la tête penchée sur sa poitrine, se promenait à grands pas.

Dieu n'a pas créé d'homme complétement mauvais ni complétement bon. Pour chacun de nous, il est des heures de tentation, des heures de repentir. Où le vertueux succombe, le criminel parfois se rachète. On peut toujours se racheter. Seulement, il ne faut pas laisser passer l'heure.

Cette heure-là, cette heure de grâce, elle venait de sonner pour le nocturne songeur, pour Rodolphe Cavaglia.

— J'ai déjà commis une action infâme, murmura-t-il, et ce que je médite est plus infâme

encore !... Comme elle doit souffrir cette pauvre
femme !... Cette pauvre mère, dont le seul
crime est de m'avoir pris en pitié ! Et lui !...
comme il m'avait accueilli avec bonté, comme
il m'aimait, bien que ne me connaissant que
depuis si peu !... Oh ! je devrais partir, disparaître, me sacrifier à leur bonheur !... Je le
voudrais... Mais non, non... je ne peux pas !...
je ne peux pas ! J'aime !... je suis jaloux !...
Les laisser vivre ensemble, être heureux...
Jamais ! Pourquoi Dieu, qui ne me permet pas
de pardonner, pourquoi m'a-t-il mis ce feu
dans les veines ?... Une fatalité !... Le plus malheureux, c'est moi !

Il se tut, marcha plus vite encore.

Puis, s'arrêtant tout à coup :

— Mais l'enfant ! mon enfant ! quel changement déjà dans ce petit être !... Je vois encore
le regard du médecin que j'ai consulté en courant... Ils m'ont traqué comme un loup ; ce

serait leur faute... Mais l'enfant ?... l'innocent !...
si javais été son bourreau !... s'il allait
mourir !...

Tout à coup, au milieu du silence, un sif-
flotement se fit entendre de l'autre côté de la
haie.

Cavaglia s'approcha d'une petite porte qui
s'ouvrait quelques pas plus loin. A voix basse,
il demanda :

Est-ce toi, Faulhorn ?

— Oui, fit une voix rauque.

La voix annonçait l'homme. Un être rampant,
dégradé, farouche. Un oiseau de proie, un
oiseau de nuit. Bien que la lune permit seulement d'entrevoir son visage blême, sa bouche
grimaçante, son œil louche et glauque, il n'en
fallait pas davantage pour sentir en lui le vice
et le crime.

— Faulhorn, dit Cavaglia, as-tu rapporté
l'enfant ?

J'en reviens.

— Tu es en retard.

— Il a neigé là-haut. Ça ralentit la marche.

— De la neige ! du froid !... Oh ! la pauvre petite !

— Ayez pas peur. La Kanderine, ma femme, en aura soin.

— Qu'en dit-elle ?

— Heu ! Heu !

— Oh ! s'écria Rodolphe, il faut que je la rende à sa mère !

— Soit ! dit Faulhorn. Apprenez-moi son nom, son adresse, et j'irai la lui rendre.

Son sourire, son regard ajoutèrent :

— Ah ! si je l'avais su, ce serait déjà fait.

A peine Cavaglia avait-il entendu ces paroles ; le combat qui se livrait en lui l'absorbait tout entier. L'élan du bien venait d'avoir lieu ; il y eut le retour du mal.

— Et ma fille l'appellerait son père !... Henriette l'en aimerait davantage encore, lui !... M'a-t-elle jamais aimé, moi ?... L'autre nuit, malgré son serment, quand je l'ai vue passer sur ce balcon, impatiente et rapide, c'est chez lui qu'elle allait ! Elle l'aime !... Oh ! non, je me vengerai !... c'est mon destin !...

Ce dernier mot venait de frapper son esprit. Il regarda les fenêtres éclairées de la maison de jeu, il conclut ainsi :

— Le destin ? Soit, qu'il décide ! D'ailleurs, pour continuer la lutte, il me faudra de l'argent... beaucoup d'argent. Ce que j'ai là n'y suffirait plus... une centaine de louis tout au plus... Je vais les jouer... Si je perds, je renonce également à l'autre partie... je me tue. Mais si je gagne ! Oh ! je reste alors... et je poursuis ma veine... Allons !

Faulhorn l'arrêta.

— Minute ! Que me resterait-il à moi dans le

premier cas? Il me faut de l'argent... Ah! ah! vous avez là cent louis!...

Rodolphe vit briller un couteau dans la main du misérable; mais, sans s'effrayer, sans s'émouvoir :

— Souviens-toi, dit-il, que le jour même où j'ai bien voulu t'employer à mon projet, j'ai déposé quelque part une dénonciation de tous tes crimes. Si je ne reparaissais pas, elle arriverait aux magistrats. Je la leur porterai moi-même si tu me trahis, si tu ne m'obéis pas... Reste là. Attends.

Faulhorn courba la tête et répondit :

— J'attendrai.

Cavaglia entra dans le Casino, s'assit au tapis vert.

Une heure plus tard il était encore là, fiévreux, livide, hagard, tandis que les intermittences du jeu agitaient tour à tour devant lui le flux et le reflux de l'or, tandis qu'un autre combat se livrait dans son cerveau, dans son cœur. Il tremblait de perdre, il craignait de gagner. C'était plus que de l'argent qu'il jouait, c'était sa vie, c'était son âme.

De loin, dans la nuit, par la fenètre, Faulhorn regardait.

Soudain, tout le monde se lève. Un grand tumulte, un grand bruit. Les croupiers, en pleine déroute, n'emportaient que leurs râteaux. On entourait, on félicitait un joueur heureux, qui, d'une main frémissante, empochait des poignées d'or et des billets de banque.

C'était Rodolphe Cavaglia.

Il avait gagné.

XVI

LE SCHWARENBACH.

Chacun connait, au moins de réputation, la Gemmi.

C'est le passage le plus ardu, le plus désolé, le plus terrible qui soit dans les Alpes.

Aux approches du col et du petit lac de Daube, un lac grisâtre, un lac noir, toute trace de végétation disparaît. Des pierres, plus rien que des pierres, des éboulements de rocs, des moraines, des glaciers. Le chaos, le désert, l'inhabitable. Il y a de la neige en juillet, non-seulement la neige jaunie d'antan, mais aussi de la blanche neige tombée d'hier.

Sur l'immense plateau, que ravagent à fureur

9

les tempêtes glaciales, une seule maison, une auberge, le Schwarenbach.

Toutes sortes de légendes sinistres se rattachent à ce piètre abri. C'est là que le poëte Wagner écrivit son horrible drame : le *Vingt-quatre février* ; c'est là que Dumas, notre maître à tous, a suspendu le couteau fatal avec lequel il faut que, de père en fils, on se tue. Dans le domaine de la réalité, toutes sortes de chroniques sanglantes. Où sont-ils les voyageurs ensevelis, disparus dans le Schwarenbach ?... Ce nom seul a quelque chose de peu rassurant. Le visible est épouvantable ; plus épouvantable encore l'invisible.

Il avait plu, grêlé, neigé toute la nuit. Un vent à bouleverser la terre jusque dans ses profondeurs. Les montagnes semblaient des vagues. Les ouragans de la mer ne sont rien auprès de ceux-là.

Mais le matin, du calme, un ciel bleu, les

glaciers comme venant de faire leur toilette, la blancheur du sol se teintant de rose sous les feux du jour naissant.

Il n'y avait dans l'auberge qu'un seul voyageur, un vieillard, Zug.

La veille, il s'était trouvé si fatigué, que ses deux compagnons, Yambo et Fritz Kulm, avaient dû le laisser en arrière.

Zug ouvrit la fenêtre. Sa tête, non moins blanche que la Gemmi, s'avança regardant tout à l'entour de la maison.

Deux garçonnets d'une douzaine d'années, les fils de l'hôtelier, se poursuivaient en se jetant des boules de neige.

Ils aperçurent le vieillard et, s'arrêtant, le saluèrent.

— Bonjour, mes enfants, bonjour. Dites-moi, est-ce que vous n'avez pas un petit frère... une petite sœur ?

— Non, monsieur, non, répondirent les deux

gamins, mais après une certaine hésitation peut-
être.

— C'est étrange ! murmura Zug. Il me semble avoir entendu cette nuit la voix d'un jeune
enfant qui se plaignait, qui toussait... Mais non,
non... j'y pense et je cherche toujours, jusque
dans mon sommeil. La fièvre, le cauchemar...
j'aurai rêvé.

Tout à coup, comme il venait de refermer la
fenêtre, la même plainte, la même toux se fit
entendre de nouveau, là, tout près, de l'autre
côté de cette cloison en planches.

— Ah ! ce n'était pas un rêve ! exclama le
vieillard en retenant sa voix. Sainte Vierge,
mère de l'enfant Jésus ! si c'était celui que nous
cherchons !

Il s'approcha sans bruit de la cloison, dans
l'espoir d'y trouver un interstice, prêtant l'o-
reille.

Aucune fente, aucun trou. Mais aussi, de

l'autre côté, aucun bruit, sinon la respiration maladive et saccadée de l'enfant. Plus de doute, il était seul.

Zug tira de sa poche un couteau, de ce couteau un foret. Il s'en servit en guise de vrille, il perfora la planche, il plongea le regard dans la chambre voisine.

Ce n'était qu'un misérable galetas. Dans l'encoignure, une paillasse, devant laquelle un rustique berceau de sapin, posant sur le plancher même.

Pour alléger la souffrance que lui causait l'irritation de sa poitrine, l'enfant s'était soulevé, adossé contre le chevet. Son visage était si pâle que, sortant de cette boîte, on eût dit un cadavre cherchant à s'échapper d'un cercueil.

Zug passa par toutes les angoisses du doute et de l'espoir. Il croyait reconnaître la fille de sa maîtresse, il ne la reconnaissait plus :

— C'est elle!... non... pas possible... L'autre

était si gaie, si fraîche, si rose, et celle-ci... ce n'est plus que son ombre!... En huit jours à peine, un tel changement!... Mes yeux doutent... mais mon cœur ne doute pas !

Il palpitait, il tremblait, il pleurait. Une idée lui vint. Appliquant ses lèvres à l'orifice, il cria :

— Emmeline ! Emmeline !

L'enfant tourna vivement la tête, cherchant des yeux d'où venait la voix.

C'était bien elle !

Mais que faire ? Zug était seul. La veille au soir, il avait entendu, il avait vu des hommes, des guides, des muletiers, peut-être les complices du ravisseur, peut-être des bandits. Un repaire ? User de l'intimidation, de la force, on se rirait du vieillard... Restait la ruse. Mais quelle ruse ? Ce cher trésor tant cherché, la Providence le remettait sous ses yeux, sous sa main. Il devait le reconquérir ; il y réussirait !

Comme toutes ces pensées tumultueuses se

succédaient dans l'esprit troublé de Zug, la porte du galetas s'ouvrit ; une femme entra.

Son visage dénotait la souffrance, le chagrin, la fatigue. Cependant de la résignation, de la douceur. Le costume des paysans du Valais. Une vraie paysanne.

Au bruit de la porte, la petite avait eu un mouvement d'effroi. A la vue de la Valaisane, elle se rassura ; elle eut presque un sourire.

— Ce n'est pas une méchante femme, pensa Zug. Peu de résistance à craindre. Si je ne puis l'attendrir, je l'effrayerai. Eh ! ne suis-je pas un vieux Suisse de la garde !

Il calcula rapidement que la porte du galetas devait s'ouvrir sur le même corridor que sa propre chambre. Il se glissa sans bruit dans ce corridor, ouvrit l'autre porte, se montra brusquement, un pistolet dans une main , dans l'autre une bourse.

— Il me faut l'enfant !... Choisissez !

La Valaisane eut peur. Cependant, elle demanda :

— Quel est votre droit? Au nom de qui venez-vous ?

Zug répondit :

— Au nom de sa mère !

Elle se laissa tomber sur les genoux :

— Pardon !... ce n'est pas moi, c'est lui !

— Lui... qui ?

— Mon mari.

— Il se nomme ?

— Faulhorn.

— Et vous ?

— La Kanderine. Oh ! s'il revenait, il nous tuerait tous les deux !

— C'est donc un assassin ?

La Kanderine hésitait.

— Oh ! non... non... pas cela. Mais ce fut mon malheur de l'épouser. C'est mon père qui tient le Schwarenbach. Faulhorn était chasseur d'ours et de chamois. Un peu contrebandier peut-être. Je l'aimais. Il m'emmena en Amérique. C'est là que nous l'avons rencontré, l'autre.

— Rodolphe Cavaglia ?

— Oui. Oh ! depuis notre retour ici, depuis l'enlèvement de cette pauvre petite, je suis bien malheureuse !

Elle se prit à pleurer.

Zug s'était emparé d'Emmeline ; il l'habillait, l'enveloppait dans une couverture.

— Ce n'est pas ma faute si elle est malade, reprit la Kanderine ; j'en ai eu bien soin, monsieur. Mais ici, dans cette froidure !... Et puis, ils l'ont emportée deux nuits dans la montagne. Pauvre cher ange ! Oh ! oui, monsieur, sauvez-la... partez, il n'est que temps !

Déjà Zug était prêt.

— Mais on me verra, dit-il, tandis que la Valaisane lui agrafait son manteau, en disposant les plis pour mieux cacher l'enfant.

9.

— Non, répondit-elle. Ils sont partis tous pour le marché de Louèche. Mon père seul est resté, Je vais l'attirer du côté de la Gemmi. Fuyez par la Kander. Avec cet argent, je tâcherai de disparaître aussi. Le bon Dieu me protégera maintenant.

Elle descendit. Zug, marchant sur la pointe des pieds, retenant son souffle, alla jusqu'au bout du corridor, sur la première marche de l'escalier. Il entendit la voix de l'aubergiste qui s'éloignait en grondant. Il s'empressa de gagner la porte. Le chemin était libre, désert. Il s'y précipita, courut, se retournant presqu'à chaque pas, commme un voleur emportant son trésor.

De l'autre côté, la Kanderine s'enfuyait vers la Gemmi.

Une paroi verticale de plus de huit cents pieds de hauteur ; dans ce roc, une étroite crevasse ; dans cette crevasse, un chemin qui grimpe en zigzag ; parfois simplement l'abîme;

tout au fond, un torrent, la Dala, qui mugit comme pour réclamer une proie ; partout l'horreur, l'écho, le vertige : voilà la Gemmi.

La Kanderine s'était engagée dans la descente. A chaque détour, elle s'arrêtait, regardait, écoutait. Puis, se risquant jusqu'à l'angle suivant du roc, ses yeux plongeaient de nouveau dans les replis du gouffre.

— Oh ! murmurait-elle de temps en temps d'une voix haletante, oh ! si je puis atteindre Louèche, j'y trouverai des défenseurs, je serai sauvée.

Jusqu'alors, pas d'autre bruit que le rugissement assourdi de la Dala, dans la profondeur de l'abime.

XVII

LA GEMMI.

La Kanderine allait toujours, sentant augmenter son espoir à mesure qu'elle descendait.

Tout à coup, au-dessous d'elle, un pas lourd, un lambeau de refrain par une voix rauque.

— Lui ! frissonna la Kanderine ; c'est lui !

Et, sous l'empire d'une folle terreur, elle rétrograda ; elle remonta, sans s'arrêter, sans se retourner, le croyant déjà sur ses pas, ne se souvenant plus que, d'un escarpement à l'autre, il pouvait la voir.

Il la vit, la reconnut :

— Kanderine ! Kanderine !... attends-moi !...

Arrête!... arrête donc!... Quelle terreur!...
M'aurais-tu trahi?... Oh! prends garde!

Ces brutales sommations du misérable l'irri-
taient, l'exaspéraient encore. Il arrivait ivre
d'alcool, il devint ivre de colère. Sa carabine
était suspendue à son épaule; il la prit en
main :

— Par tous les diables! obéis, Kanderine!

Elle n'en tint compte.

Il arma.

— Kanderine!

Elle n'en courut que plus fort.

Il épaula.

— Kanderine... tu me connais... mille ton-
nerres!

Il fit feu.

Elle tomba, jetant un cri.

— Hein? gronda Faulhorn... est-ce que je
l'aurais touchée?... Moi qui ne voulais que lui
faire peur... Ah! quelque égratignure, voyons.

Il courait à son tour. Il arriva bientôt auprès de sa femme, qui, se débattant, déjà râlait au bord du précipice.

La balle l'avait frappée en pleine poitrine. Un flot de sang s'échappait de la blessure.

— Frappée à mort! murmura l'assassin en blêmissant. Mauvaise affaire! J'en suis fâché, Kanderine; mais je ne connais que la Dala qui puisse garder mon secret.

Et de la crosse de sa carabine, il la poussait vers le gouffre.

Il y a de malheureuses créatures, douces et bonnes, qui s'attachent fatalement, qui vivent accrochées à de pareils bandits. Ils les battent, ils les torturent, il les tuent; elles en ont peur, elles voudraient les fuir, mais, jusqu'à leur dernier souffle, elles les aiment toujours.

Ainsi de la Kanderine à l'égard de Faulhorn.

Elle lui adressa un regard mourant qui eût attendri le cœur d'un tigre, et, de sa main con-

vulsive, lui tendant la bourse donnée par
Zug :

— Pardon !... laisse-moi vivre... je ne dirai
rien... pardon !

Il s'empara vivement de la bourse et... le
cadavre roula dans l'abime.

— Tant pis ! c'est elle qui l'a voulu... J'hé-
rite... Mais l'enfant !... s'il n'était plus là-haut...
Cré mille nom...

Il bondit parmi les rochers, atteignit le col de
la Gemmi, courut en droite ligne jusqu'au
Schwarenbach.

Là, le berceau vide.

Faulhorn eut un accès de rage. Il rechargea
sa carabine. Les empreintes de Zug étaient encore visibles dans la neige. Le cheval d'un touriste se trouvait attaché au volet. Il enfourcha
cette monture, et, la harcelant des talons, lui
sciant la bouche, il s'élança au galop sur les
traces du fugitif :

— Ah! malheur à celui qui me l'a volé...
malheur !

XVIII

EMMELINE.

Zug avait soixante-dix ans; il était épuisé
par une semaine de fatigue, et cependant tout
fier de la joie qu'il apportait, stimulé par celle
qu'il en éprouvait lui-même, il allait, il allait
toujours.

Derrière lui, le soleil, surgissant de la vallée
du Rhône, faisait resplendir les crêtes glacées
de l'Altels. Sous ses pas, la neige fondait, avec
de petits grésillements plaintifs. La tourmente
de la nuit précédente, effrayant encore les touristes, laissait le passage complétement désert.

Un seul cavalier le croisa en chemin, celui dont
Faulhorn devait un peu plus tard s'approprier
le cheval. Zug crut voir un ennemi, il se jeta
derrière un des chalets de Winterregg. Il attendit, pour se remettre en marche, que personne ne pût le voir, et, plus prudent encore,
dissimulant encore mieux son précieux fardeau,
il s'engagea rapidement dans l'étroite gorge de
Gastern.

C'est l'un des endroits les plus revèches, les
plus effrayants de cette route hargneuse. Chaque
sapin rabougri, chaque roc monstrueux prenait
des formes fantastiques aux yeux du vieillard, et
lui semblait cacher un ennemi. L'horrible ravin,
tout au fond duquel grondent des eaux rougeâ-
tres, l'épouvantait. Le ciel se voilait de grandes
nuées noires. Une violente rafale arrivait, déjà
lui fouettant au visage quelques gouttes de pluie.
Il grelottait de froid. Parfois ses jambes faiblis-
saient, mais non pas son courage.

Un dernier défilé est franchi par le vieillard, il tourne le dernier contre-fort du Gellihorn. Aussitôt il se sent abrité du vent ; un air plus doux le ranime ; le brouillard se déchire, s'écarte, et, dans le nuage même, comme au théâtre, il aperçoit, tout inondée de soleil, la fraîche et délicieuse vallée de la Kander.

Quelques pas encore, et plus de péril, l'enfant est sauvé !

Mais quel est ce bruit... répété, grossi par l'écho de la montagne?

C'est le galop d'un cheval. Il approche... Le voilà... Comment fuir ?... Oh ! bonheur ! il s'abat... Mais déjà le cavalier se relève, la carabine à l'épaule, et, d'une voix terrible, criant :

— L'enfant !... il me faut l'enfant !... un pas de plus, vous êtes mort !

Cet homme, c'est Faulhorn.

Le vieux Zug a fait à l'enfant un rempart de son corps. Il rassemble toutes ses forces pour un

élan suprême, il précipite sa course et s'é-
lance...

Ah! plus d'espoir!... Dans le sentier qui des-
cend, des pas qui montent... Sans doute, encore
des ennemis... Zug va se trouver pris entre
deux feux.

Non! mais non!... C'est Yambo, c'est Fritz
Kulm!

— Au secours! A moi! J'ai l'enfant!... le
voici... Sauvez-le!

Et le vieillard, à bout de forces, tombe évanoui,
tenant encore la petite fille entre ses bras, lui
faisant encore de sa poitrine un appui, un
abri.

Cependant, le guide et le nègre sont armés, ils
couchent en joue Faulhorn, que Fritz Kulm a
reconnu.

— Arrière, lui crie-t-il, arrière!... ou je te
loge une balle entre les deux yeux... c'est ainsi
qu'on tue les loups et les ours.

Tous les cruels sont lâches. Déjà l'assassin de la Kanderine a disparu ; il a devant lui des hommes.

Cependant, à l'abri d'une grande roche, Yambo a transporté l'enfant, le vieillard.

Zug ne tarde pas à reprendre ses sens. Emmeline est effrayante de pâleur.

Yambo la porte dans ses bras. Fritz Kulm soutient Zug.

A peine ont-ils échangé quelques mots, tous les trois ils comprennent qu'il faut se hâter.

Au bout de la descente, à l'hôtel de l'*Ours*, on prend une chaise de poste pour Thun.

Quatre chevaux, triples guides. A chaque relai, on demande un médecin ; mais, se lassant aussitôt de l'attendre, on repart, activant encore les postillons.

Enfin, voilà Thun. Malheur !... Vivonne et sa femme viennent de repartir pour Altorf. Avec eux, Ulric et Franciska. Plus personne !

Un médecin arrive :

— Mais cet enfant n'est pas transportable.
Attendez.... attendez au moins jusqu'à demain.

On s'y résigne. On veut d'abord télégraphier
à Altorf.

— Souvenez-vous du regard du médecin !
Craignons de ne donner à la mère qu'une fausse
joie !... Attendons au moins que la pauvre petite
fille ait passé une bonne nuit, que le docteur l'ait
revue, qu'il prononce.

Le lendemain Emmeline n'allait guère mieux,
Zug allait beaucoup plus mal.

— Un voyage serait dangereux, répond le
médecin d'un air inquiet. Cependant il reste si
peu d'espoir. D'un moment à l'autre...

— Ah ! s'écrie Yambo, il n'y a que sa mère
qui puisse la sauver. Partons !

Zug a voulu se lever. Il retombe.

— Ah ! je ne peux plus ! je ne peux plus !...

pauvre Zug!... et l'on disait ton dévouement à toute épreuve!...

Le vieillard se résigne enfin à rester. On arrive à la gare. Une demi-heure à attendre. Comme la cloche vient de sonner, Zug paraît tout à coup chancelant sur ses vieilles jambes :

— Elles ne voulaient pas me porter, mais je les ai vaincues! Comment va la petite?

. . . .

Dans un compartiment réservé de l'express, trois voyageurs.

Dans un coin, Fritz Kulm, qui, cédant à la fatigue, commence à fermer les yeux.

Dans l'autre, Yambo et Zug, celui-ci agenouillé, celui-là penché tout près des coussins, des couvertures, au milieu desquels Emmeline est endormie.

Attentifs à la moindre plainte, au moindre frémissement de la petite malade, comme sus-

pendus à ses lèvres, ils se retournent souvent
vers la locomotive emportant le train à travers
l'espace, ils la trouvent trop lente, leurs yeux
semblent lui crier :

— Plus vite donc !... plus vite encore !

XIX

L'INJURE.

Si Vivonne et sa femme sont retournés à
Altorf, c'est que le comte d'Hospenthal leur a
fait écrire qu'il venait d'être frappé d'une
attaque d'apoplexie, qu'on tremblait pour ses
jours.

Mais, quand ils arrivent, le vieillard leur rit
au nez.

— Eh ! eh ! je voulais vous voir, voilà tout.

Pas autre chose. Je m'ennuie tout seul, moi.
Mais pourquoi donc ne pas m'avoir amené ma
petite fille ?

Sigismond ne sait rien, Henriette lui répond
encore :

— Elle va bien. Nous sommes partis trop
brusquement. Vous la reverrez bientôt, mon
père... bientôt.

Puis, tout bas, les yeux au ciel :

— Oh ! mon Dieu ! faites que ce soit la
vérité !

Le lendemain matin, elle entrait tout effarée, tout épouvantée, dans la chambre de Vivonne :

— Qu'y a-t-il donc, Henriette ?

— Une lettre !

— De lui ?

— Oui.

— Montrez-la.

— Je l'ai brûlée.

— Pourquoi ?

— Parce qu'elle contenait des injures...

— Contre vous !.... dit Vivonne en s'emportant déjà.

— Non.

— Contre moi ?

— Oui.

Vivonne se contenta de sourire.

— Oh ! mais vous ne savez pas... reprit Henriette. Il prétend vous contraindre à quitter le pays. Une provocation...

— Ne vous souvient-il plus que je vous ai promis de ne pas y répondre ?

— Oui, oui, je me souviens ; mais il y a des insultes...

— Croix-Dieu !...

— Ah ! vous voyez bien que vous vous battrez !...

Vivonne se calma, répondit froidement :

— Je tiendrai ma promesse. Ne m'avez-vous

pas donné l'autre jour un exemple de dignité, de force d'âme ?.... A mon tour !

Henriette lui saisit la main.

— Ah ! merci !

Un sourire d'une certaine amertume retroussa la lèvre de Vivonne. L'ombre d'un triste soupçon passa sur ses traits.

— Qu'avez-vous? demanda vivement Henriette.

Il s'était fait une loi de la franchise, il répondit :

— Est-ce pour moi, madame, ou pour M. Cavaglia que vous tremblez ainsi?

— C'est pour mon enfant, répliqua-t-elle. La plus terrible menace contenue dans la lettre est celle-ci : « Si je succombe, vous ne la reverrez jamais ! »

Vivonne, à son tour, lui tendit la main :

— Pardonnez une mauvaise pensée, madame. Quoi qu'il arrive, je ne me battrai pas avec lui.

Une vive reconnaissance brilla dans les yeux
d'Henriette.

Puis, changeant soudain de visage, prêtant
l'oreille, avec une fiévreuse angoisse :

— Mais... mais c'est qu'il va venir... il vient !

On entendait des pas dans l'escalier.

Un domestique se présenta :

— M. le comte d'Hospenthal et M. Rodolphe
Cavaglia demandent si monsieur le marquis
veut bien les recevoir.

— Mon père ! venait de murmurer Henriette
étonnée.

— Faites entrer, dit Vivonne.

Rodolphe parut, blême et sinistre, boutonné
jusqu'au menton , très-poli ; mais, dans cette
politesse même, sachant déjà cacher une insulte
pour Henriette et pour Vivonne, qui connais-
saient le secret de sa visite.

Quant au comte, il était à cent lieues de la
vérité. Il dit :

— Vivonne, permettez-moi d'expliquer ici
ma présence. M. Cavaglia, que je ne connais
que de nom, m'est venu trouver tout à l'heure.
Il a, dit-il, à se plaindre de vous. Une récla-
mation. Par une réserve qui me semble honorable, il ne veut pas que des étrangers s'immis-
cent dans cette affaire. Une affaire d'honneur.
Je suis jaloux du vôtre autant que du mien,
Vivonne, et, je le gagerais d'avance, monsieur
se trompe. Il sollicite mon arbitrage. Ai-je eu
tort d'accepter ?

— Nullement, répondit Vivonne. Je vous en
remercie pour ma part.

Puis, à Cavaglia :

— Expliquez-vous, monsieur ; parlez.

Rodolphe eut un regard vers Henriette,
comme pour l'inviter à sortir.

Henriette, tout au contraire, se rapprocha de
son mari. C'était répondre :

— Je reste.

— J'attends, monsieur, dit le comte d'Hospenthal.

Contraint d'obéir à cette sommation, Rodolphe commença en ces termes :

— Il m'est revenu, monsieur le marquis, que tout dernièrement, à Thun, vous vous êtes permis sur mon compte des propos que je ne puis tolérer.

Sigismond ne s'attendait pas à cette arrogance. Il en parut scandalisé.

Mais son gendre le calma du geste. Puis, se tournant vers Cavaglia, très-froidement :

— Quels propos, monsieur?

— Quels propos? répéta le comte avec une certaine hauteur.

— Monsieur le marquis, répliqua Rodolphe, aurait prétendu que, là-bas, en Amérique, je ne me suis pas conduit comme doit le faire un honnête homme.

10.

— Je ne me souviens pas, répondit Vivonne
avec calme. Précisez.

— Précisez ! répéta Sigismond avec un commencement d'impatience.

Rodolphe parut hésiter. Il cherchait.

— Vous m'avez accusé, précisa-t-il enfin, de
voler au jeu.

Sigismond le toisa de haut en bas. Vivonne
lui répondit, presque en souriant :

— Je n'ai jamais rien dit de semblable, monsieur. On vous a trompé... Vous vous trompez.

Hospenthal, qui s'était assis, se releva comme
pour déclarer l'honneur satisfait, la séance
close.

— Pardon, fit Cavaglia : je désirerais cette
déclaration par écrit.

— Par écrit ! se récria l'ancien colonel des
Suisses de la garde. Comment ! quoi !.. la parole
de mon gendre ne vous suffit pas ?... Ah ça !
mon cher monsieur, de quel droit portez-vous

un nom italien ? C'est une querelle d'Allemand que vous venez chercher là !

Mais Vivonne, très-simplement, presque avec douceur :

— Je ne m'y refuse pas... Calmez-vous, monsieur le comte. Puisque c'est faux, pourquoi ne pas le reconnaitre ? Ce sera pour monsieur comme un certificat. Il n'y a honte qu'à mentir.

— Ah ! fit Sigismond tout ébaubi.

Et, pour se remettre sans doute, il se passa vivement les mains sur les oreilles. On sait combien à s'échauffer elles étaient promptes.

Henriette, immobile et muette, suivait avec anxiété tous les détails de cette scène.

Cependant Vivonne s'était assis, il écrivait.

Cavaglia, avançant la tête, suivant des yeux la plume, cherchait à deviner, sinon à lire.

Arrêtant tout à coup le marquis, qui allait signer :

— Cela ne me suffit pas... pardon !

— Hon ! gronda le comte, qu'est-ce à dire...
que vous faudrait-il encore ?...

— Une expression de regret... des excuses.

— Jour de Dieu ! s'écria Sigismond, bondis-
sant.

Vivonne répondit, — sans s'émouvoir encore,
— mais avec une grande dignité, une grande
noblesse :

— Des excuses ?... Mais à propos de quoi ?
puisque je déclare, par l'écrit lui-même, que
cette prétendue calomnie n'est qu'une impos-
ture... inventée par quelque misérable qui ne
mérite même pas qu'on l'écrase du talon. Je refuse.

Cavaglia eut un mouvement de rage. Il avait
compris.

D'autre part, Sigismond lui montrait la porte.

— Monsieur le marquis de Vivonne, cria
Cavaglia de sa voix stridente, est-ce que vous
refusez aussi de vous battre ?

— Avec vous? Je croyais vous l'avoir dit, répliqua dédaigneusement Vivonne.

— Vous ne voulez pas?

— Non.

— Corbeuf! ne put se défendre d'éclater le comte. Mais que dites-vous donc là, mon gendre? Moi, je ne suis qu'un vieux coq; mais quiconque me marche sur l'ergot, je lui donne du bec!

Et, se redressant tout contre l'insulteur, il semblait lui dire : En voulez-vous?

— Pardon, dit Cavaglia, c'est de monsieur le marquis que j'exige une réparation par les armes... Il me la faut... je la veux!

En accentuant cette sommation, il regardait Henriette et semblait lui dire : Songez à votre enfant! consentez à me suivre! il regardait Vivonne et semblait lui dire : Cédez, ou tout se découvre; il y va de l'honneur de la marquise!

Vivonne se souvenait de sa promesse, il répondit :

— Je ne veux pas.

— Oh ! oh ! ricana sourdement Rodolphe, je saurai bien vous y contraindre. Il est de ces outrages...

— Je vous en défie, répliqua Vivonne.

Ce calme exaspéra l'Italien. Ses traits se contractèrent. D'une main convulsive, il dégantait l'autre.

Peindre l'étonnement du vieux comte serait impossible. Muet, les yeux tout grands ouverts, la bouche béante, il se transformait en statue.

Cavaglia reprit en se rapprochant de Vivonne :

— Ah ça ! monsieur, vous avez donc bien peur de moi?... je le proclamerai partout...

— On ne vous croira pas, répondit Vivonne avec une sincérité superbe.

Et cependant, sous ce sanglant sarcasme, il pâlissait.

Rodolphe était livide ; il continua :

— Je dirai que vous êtes le dernier des misé-
rables.

— Soit !

XX

L'OUTRAGE.

Ce que devait souffrir cet homme de cœur,
ce gentilhomme, ce chevalier, c'était horrible.
Mais il regardait Henriette: A chaque nouvelle
torture, elle lui disait du regard :

— Merci !... je vous comprends, moi... je
vous admire... merci pour la mère ! merci pour
l'enfant !... Je ne la reverrais plus... il la tuerait !

— Je dirai que vous êtes un faux brave,
poursuivit Cavaglia.

— Soit !

— Un lâche !

Vivonne eut un rugissement de lion blessé. Il s'élançait... Mais Henriette joignit les mains ; il s'arrêta, se dompta, répondit :

— A votre aise !

— Lâche ! lâche ! répéta l'Italien, le visage tout prêt de son visage, les yeux dans ses yeux.

Vivonne lui rit au nez. Dans ce rire, il y avait un tel mépris, une telle supériorité, que l'insulteur, ce n'était plus Cavaglia, c'était Vivonne.

Rodolphe, affolé par sa fougueuse nature, le souffleta du lambeau de gant qu'il déchirait.

Un soufflet ! c'était un soufflet !

Comme foudroyé, Vivonne tomba sur un siège, en se voilant le visage de ses deux mains.

Henriette bondit vers lui, s'empara de la main qui cachait la joue frappée, écarta cette main, et, sur cette joue, mit tout son cœur dans un baiser.

Puis, bravant Cavaglia, fière de Vivonne :

— Je l'aime !

Rage de Rodolphe, transport de Vivonne, sublimité d'Henriette, ahurissement de Sigismond, je ne vous décrirai pas.

Le premier qui revint à lui, ce fut le comte d'Hospenthal. Il ne chercha même pas à comprendre. Il ne vit qu'une chose : on allait se battre. Il courut vers une panoplie, décrocha deux épées, les posa sur la table :

— Enfin !

Puis, comme Vivonne semblait encore refuser du geste :

— Mais comment...

Henriette se chargea de lui tout expliquer.

— Mon père, on m'a volé ma fille... c'est ce misérable !... il nous tient tous les deux sous sa menace... il la tuerait...

— Non ! se récria Cavaglia, non ! mais vous ne la reverrez jamais !

— Tu mens ! répondit Yambo ; la voici !

Il arrivait ; il tenait, il montrait Emmeline.

Henriette se précipita vers son enfant... mais recula, épouvantée de sa pâleur. Sur ce pauvre petit visage, la mort ! Eclairée par l'instinct maternel, elle comprit tout. Prompte comme la lionne vengeant ses petits, elle se retourna, rencontra du regard deux épées, en mit une dans la main de Vivonne, et, lui désignant Cavaglia :

— Tiens !... va le tuer !

XX

LE BROCKITOBEL.

Le duel avait lieu le soir même, sur le plateau du Brockitobel.

Pour témoins, les quatre seuls hommes qui fussent dans le secret : le comte, Ulric, Yambo, Fritz Kulm.

Le pauvre vieux Zug n'avait pu arriver jusqu'à Altorf, il était resté à Lucerne.

Fritz Kulm et Yambo devaient tenir pour Vivonne, Ulric et le comte pour Cavaglia.

Impatient de vengeance, il avait tout accepté, n'exigeant que quelques heures de répit pour mettre ordre à ses affaires, s'engageant à se trouver ensuite au rendez-vous.

On venait de s'engager dans l'étroite gorge qui monte à la cascade. Fritz Kulm et Yambo grimpaient par le raccourci, afin de s'assurer que tous les alentours étaient déserts.

Le nègre semblait songeur.

— Savez-vous, dit-il soudainement à son compagnon, savez-vous quelles étaient les affaires de M. Cavaglia ?

— Non, répondit le guide, mais je m'en doute. Son testament... il aura fait venir son notaire.

— Est-ce un notaire que Faulhorn ?

— Faulhorn !

— Je les ai vus d'une fenêtre ; ils causaient ensemble dans une chambre de l'hôtel. Quand Faulhorn en est sorti, il serrait un papier dans sa veste. J'ai couru. Par malheur, on m'a retardé dans l'escalier. Il n'était plus là. Je n'ai pas retrouvé sa trace.

— Ah ! ah !

— Cela vous semble suspect, n'est-il pas vrai ?

— Oui.

— Quel est ce Faulhorn ?

— Un chasseur comme moi. S'il vit plus mal, il tire peut-être encore mieux. Rarement il a manqué le défaut de l'épaule d'un chamois.

— Il est dangereux alors ; j'y aurai l'œil.

— Moi de même.

On arriva sur le plateau.

Jamais l'Alpe n'avait été plus charmante. Les sapins se balançaient gracieusement dans le ciel

bleu ; les derniers rayons du soleil frappaient
obliquement la cascade, qui se colorait de toutes
les couleurs du prisme, avant de s'aller perdre
dans des profondeurs inconnues.

Le comte s'approcha de son gendre, et, lui
serrant la main :

— Vivonne, dit-il, je ne vous connais tout entier que depuis ce matin. Je ne vous estime pas
davantage, c'était impossible... mais je vous en
aime plus encore.

Quelques instants plus tard, Cavaglia parut.

On choisit l'emplacement, on mesura les
épées.

— Messieurs, dit Vivonne, je vous remercie
pour Yambo. L'honneur que vous lui faites aujourd'hui n'est que justice. C'est un homme
libre ; ce n'est plus un serviteur, c'est un ami...
mon frère de lait, mon frère.

Ému jusqu'aux larmes, le pauvre noir n'oubliait pas cependant de sonder du regard tous

es alentours. Son instinct l'avertissait d'un danger.

Les denx adversaires tombèrent en garde.

Chez Cavaglia, l'enfièvrement de la jalousie et de la haine. Chez Vivonne, un calme hautain, presque de la pitié.

Dès les premières passes, l'Italien se fendit à fond, poussant un cri de victoire ; il croyait tuer son ennemi.

Vivonne, prompt à la parade, mais trop généreux pour frapper un ennemi découvert, se contenta de le désarmer par un vigoureux coup de revers.

Rodolphe, audacieusement, présenta sa poitrine sans défense.

Vivonne eut un superbe sourire :

— Allez donc ramasser votre épée, monsieur... Continuons.

Frémissant de colère, l'Italien recommença le combat, tenta le même coup.

Au lieu de frapper de la pointe, le marquis le frappa du pommeau de son arme. Il glissa dans l'herbe, il tomba.

Lui mettant le pied sur la poitrine, l'épée sur la gorge, Vivonne se retourna vers son beau-père, et lui demanda :

— Monsieur le comte, croyez-vous que mon soufflet soit effacé ?

— Vivonne, répondit le vieil arbitre de l'honneur, vous pouvez faire grâce à cet homme.

Chacun se taisait, immobile.

Le vainqueur, non moins imperturbable que durant le combat, se tenait les bras croisés, l'épée toujours en main.

Le vaincu, délivré de la double étreinte qui le clouait sur le sol, se releva sur une main, sur un genou, sur les deux pieds.

Tous les regards lui montraient le chemin pour qu'il y disparût.

Courbé, grimaçant, mais menaçant encore, il

fit quelques pas, promenant tout à l'entour ses yeux obliques, comme s'il eût attendu, cherché quelque chose ou quelqu'un.

Tout à coup, il leva les bras.

Mais Yambo veillait. Il vit le canon d'une carabine s'abaisser à travers un taillis. Il se précita vers son maître, le couvrant de son corps.

Un coup de feu retentit, une balle siffla dans l'air.

Yambo tomba.

Mais en désignant à Fritz Kulm la fumée qui s'élevait du taillis.

Déjà le guide ajustait ; il tira... il bondit vers le hallier.

Les broussailles s'agitaient encore. Un cri de douleur en était parti.

Cependant Ulric et Sigismond s'étaient mis en travers du chemin, le barrant à Cavaglia :

— Halte-là ! monsieur, il faut d'abord que tout ceci soit expliqué.

Vivonne portait secours à Yambo. Yambo n'était que blessé.

Presque aussitôt, Fritz Kulm reparut, portant sur l'épaule, ainsi qu'il eût fait d'un gibier de montagne, Faulhorn tout ensanglanté.

Il le jeta sur le gazon.

— Grâce ! dit le meurtrier suppliant ; grâce ! ce n'est pas moi, c'est lui... voyez.

Il présentait un écrit. Ulric s'en empara. Il lut :

« Sur la présentation de l'acte mortuaire du marquis de Vivonne, je prie Samuel Isaac de remettre à Peter Faulhorn les trente mille francs et la lettre cachetée que je lui ai remis entre les mains.

« Signé : Rodolphe Cavaglia. »

C'était une preuve qui disait tout.

Un murmure de réprobation, de malédiction, s'éleva contre les deux assassins.

Déjà le ciel punissait le moins coupable.

Faulhorn se tordit dans une dernière convulsion, retomba mort.

Restait son instigateur, son complice.

Vivonne marchait sur lui, tenant en main les deux épées.

De l'une, il lui cravacha le visage, il lui donna l'autre pour se défendre.

— Ah ! cette fois, misérable, il faut que je te tue !

Le sang avait jailli de la joue de Cavaglia. Sa bouche écumait, ses yeux lançaient des éclairs. Fou de désespoir, ivre de rage, il ferrailla de nouveau.

Vivonne, beau comme l'archange vengeur, le contraignait, par une incessante attaque, à tourner, à s'acculer au bord du Brockitobel.

— Messieurs, disait-il en même temps, messieurs, je désire que tout ceci reste entre nous ; je sais que vous ne parlerez pas. Le gouffre aussi sera muet. Il le faut... il le faut pour l'honneur de la marquise de Vivonne.

Cavaglia, rompant, rompant toujours, sentait déjà derrière lui la fraicheur, le vide de l'abime. Il eut un dernier élan de désespoir, Vivonne, un dernier et foudroyant assaut. Cavaglia dut reculer encore. La terre manqua sous ses pieds.

Avec un cri de démon vaincu, il tomba, roula, disparut dans le fracas écumeux de l'abime.

Vivonne ne l'avait pas même touché.

— Fritz Kulm, ordonna le comte d'Hospenthal en désignant le cadavre de Faulhorn, jetez aussi son complice aux vautours du Bristenstorck.

XXI

CONCLUSION

Dix-huit mois se sont écoulés.

Emmeline n'est plus.

Mais une autre enfant du même âge sourit dans les bras d'Henriette, son heureuse mère.

Le marquis de Vivonne est la providence de la vallée de la Reuss.

Si jamais vous passez par Altorf, le comte Sigismond vous regardera peut-être de travers, au cas où vous ne témoigneriez pas assez de respect à l'écusson d'Hospenthal.

Zug et Yambo sont toujours là, veillant autour de l'enfant, comme si quelque danger menaçait son berceau.

Mais non, plus de périls, plus de menaces. Tout est sauvé, tout est assuré, non-seulement l'honneur, mais encore le bonheur de la marquise.

FIN DE L'ABIME

PETIT-JACQUES

I

. . . .

. . . .

— Comment! me récriai-je tout étonné, Jacques n'est pas le fils de M. Duhamel?

— Non, monsieur, répondit avec orgueil le paysan; Jacques est mon fils!

— Bah!

— Oh! oh! c'est toute une histoire...

— Seriez-vous homme à me la raconter?

— Eh! je ne demande pas mieux, pardienne!

Nous nous assîmes à l'ombre d'un pommier, et le digne Villervillais commença ainsi son récit :

II

Il y a une dizaine d'années de cela, Villerville n'était alors qu'une simple bourgade de
pêcheurs, où personne ne songeait à venir
prendre les bains de mer; de plus, nous manquions de routes, et les familles anglaises
qui passent l'été à Honfleur, les étrangers de
tous pays qui affluent à Trouville pendant la
chaude saison, ne venaient pas même se promener par ici. Le château enfin restait inha-

bité par suite de la mort de son dernier pro-
priétaire ; et les gamins du village n'avaient
jamais vu un monsieur, encore bien moins une
dame.

Tout à coup, par une belle après-midi de
juillet, une chaise de poste descendit à grands
fracas notre rue caillouteuse. Vous jugez de
la surprise ? Tout le monde était sur les portes,
tous les enfants criaient comme de petits
sauvages ; le maire lui-même, ouvrant de
grands yeux, s'imaginait que c'était pour le
moins le roi de France qui arrivait à Villerville.

Il y avait quatre personnes dans la voiture :
un monsieur d'une cinquantaine d'années environ, et une bonne grosse maman qui paraissait être sa femme ; puis deux jeunes filles,
dont l'une, la plus jeune et la plus jolie, était
pâle comme une morte.

Sur le siége de derrière, en dehors de la
voiture, deux servantes ; sur le siége de de-

vant, deux valets à beaux habits galonnés.

L'un d'eux, lorsque le postillon eut fait halte, demanda à la foule le chemin du château; toutes les voix à la fois répondirent, toutes les mains en même temps firent ce geste qui maintenant est la consigne des cantonniers du chemin de fer, et les chevaux repartirent au galop, laissant toute la commune en proie à une curiosité, à une stupéfaction... comme jamais ne se reverront les pareilles.

Mais un pêcheur, qui depuis le commencement de la scène paraissait chercher dans ses souvenirs, s'écria tout à coup :

— J'y suis maintenant ! Je les reconnais... j'étais matelot à bord du bâtiment qui les a ramenés en France...

Et, comme chacun à l'envie l'accablait de questions, il ajouta :

— C'est M. Duhamel, un négociant rouennais, qui a été longtemps établi au Sénégal, où il a gagné une très-grosse fortune, et qui depuis deux années seulement est de retour.

— Et la dame qui était assise à côté de lui ?

— C'est madame Duhamel, pardine !

— Et la jeune fille pâle ?

— C'est leur fille. Elle se nomme... attendez un peu... Eugénie... c'est bien cela... mademoiselle Eugénie.

— Et l'autre... l'autre jeune fille ?

— C'est comme qui dirait sa maîtresse d'école à elle toute seule... son institutrice.

— Mais pourquoi donc qu'ils viennent ici ? Mais qu'est-ce qu'ils y veulent faire ? Mais comment ?... mais pourquoi ?... mais pour qu'est-ce ?

Cette fois, ce ne fut plus le pêcheur qui répondit, ce fut le vieux jardinier du château, qui passait tout affairé sur la place, et qui, bon gré, mal gré, se vit contraint de donner

de plus amples renseignements, à savoir : que
M. Duhamel était un des amis de M. le comte,
et que M. le comte lui avait cédé jusqu'à
l'automne la libre jouissance de son château ;
que mademoiselle Duhamel venait prendre les
bains de mer ; que c'étaient les médecins
qui lui avaient ordonné ça ; qu'elle était très-
souffrante, etc., etc.

Bien que l'événement se trouvât expliqué,
nos bons Villervillais n'en voulaient pas revenir encore, et grand continuait d'être l'émoi,
surtout chez les Villervillaises ; jusqu'au soir
il y eut des groupes à tous les carrefours.
J'ai vu arriver ici la nouvelle de trois ou
quatre révolutions... eh bien ! monsieur... vous
pouvez m'en croire... ça n'a pas été pis que
cela !

Quant à moi, j'avais assisté à la halte de la
chaise de poste, et je tenais en ce moment par
la main mon petit Jacques ; il avait alors neuf

ans, et c'est pas pour nous vanter, ma femme et moi, mais c'était déjà le plus gentil petit gars de tout l'arrondissement de Pont-l'Évêque... voire même au delà !

Il vous avait des cheveux blonds comme de l'or tout neuf... de grands yeux bleus, dans lesquels on lisait tout plein de tendresse... une peau blanche, que c'était plaisir d'y appuyer son doigt pour y faire fleurir tout aussitôt comme qui dirait une rose pompon. Et puis des façons si avenantes, monsieur ! un parler si doux ! un sourire si bon et qui creusait dans ses joues deux fossettes à remplir de baisers... Un vrai chérubin, quoi !... il ne lui manquait que des ailes.

Mais ce qui ne lui manquait pas, et ce qui vraiment était extraordinaire pour son âge, c'était le raisonnement, l'intelligence... je dirais presque l'esprit, si je n'étais pas son père. Il avait surtout dans le cœur de ces choses que

les enfants n'ont jamais, que n'ont souvent pas
les hommes : il savait se souvenir, il savait
aimer !

Permettez-moi, monsieur, de vous en donner un exemple. Nous avions eu le malheur
de perdre notre fille aînée, une belle jeunesse
de seize ans; Petit-Jacques en avait eu autant
de chagrin que nous. Il est vrai que, suivant
la coutume des campagnes, c'était sa pauvre
sœur qui, le plus souvent, le portait dans ses
bras alors qu'il était tout petit et que nous
allions au travail, ma femme et moi; elle avait
guidé ses premiers pas, pris soin de son en-
fance, endormi ses douleurs et stimulé ses
joies; elle avait été pour lui une vraie mère,
une mère toujours prête à jouer, toujours
souriante. Mais il en est ainsi pour tous les
autres petits frères, et nul autre, je le gagerais
bien, n'eût été ce que se montra Jacques. Dès
les premiers jours de la maladie de notre chère

12

Catherine, on l'avait vu déserter les plaisirs de
son âge pour s'installer au chevet de sa sœur;
ce fut en vain que nous nous efforçâmes de
l'en éloigner lorsque le mal empira. Vous dire
comment il lui parlait, comme il l'encourageait,
comme il la consolait, ce serait impossible.
Quand elle fut morte, nous eûmes la crainte
un instant qu'il n'en mourût aussi. Il se jetait
à corps perdu sur le cadavre inanimé de sa
sœur; il l'embrassait avec une telle force,
qu'on ne pouvait plus l'en arracher; il l'appelait avec une pauvre petite voix si désolée, avec
de si déchirants sanglots, que ça vous brisait
le cœur. Au moment où l'on fermait la bière,
il demanda à revoir Catherine; il supplia tant
pour cela, que je fis entr'ouvrir le linceul.
Alors il s'agenouilla en silence, et, la tête penchée en avant, les yeux démesurément ouverts,
il la regarda longuement, comme s'il eût voulu
graver à tout jamais dans sa mémoire la blême

image de la jeune morte ; puis il se releva tout à coup, et, avec un accent que j'ai encore dans les oreilles :

— Sœur Catherine, dit-il, je ne t'oublierai pas. Allons maintenant au cimetière !

Si les larmes pouvaient se compter, — et peut-être les anges du bon Dieu les comptent-ils là-haut ? — on aurait facilement la preuve que le petit frère pleura autant que le père, autant que la mère. Vint ensuite une longue maladie, et Jacques faillit rejoindre Catherine. Le ciel du moins nous le rendit, celui-là ; mais une pieuse tristesse semblait être restée dans son regard, dans sa voix, dans son sourire. Chaque soir, avant de s'endormir, il ne manquait jamais de mêler à sa prière le nom de Catherine. Durant le jour, à propos de tout, il prenait un amer plaisir à m'en reparler sans cesse. C'était comme une douce mélancolie qu'il avait dans l'âme.

J'avais besoin de vous expliquer tout cela,
monsieur, pour bien vous faire comprendre
ce qui va suivre.

Lors de l'arrivée de M. Duhamel, je crois
vous l'avoir dit, Jacques était à côté de moi
dans la foule. Avouons-le franchement, la
curiosité générale m'avait quelque peu gagné,
et déjà depuis un instant je ne faisais plus
guère attention à mon petit homme. Tout à
coup je reportai mes yeux vers lui.

Il semblait en proie à une émotion extraordinaire, et sur ses joues, devenues d'une effrayante pâleur, roulaient de grosses larmes.

— O mon Dieu! m'écriai-je vivement, qu'as-
tu donc, Petit-Jacques?

Il ne sembla pas m'entendre, et resta immobile, l'œil fixe et le cou s'allongeant dans la
direction où venait de disparaître la chaise de
poste.

—Petit-Jacques! répétai-je de plus en plus

inquiet, Petit-Jacques... mais qu'as-tu donc, mon enfant?

— Père... répondit-il enfin, as-tu remarqué dans la voiture cette jeune fille?

— Oui... eh bien ?

— N'as-tu pas trouvé qu'elle ressemblait à quelqu'un?...

— A qui?

— En la voyant, il m'a semblé que c'était ma sœur Catherine qui revenait !

Et l'enfant, comme saisi d'une convulsion soudaine, se prit à trembler ; puis, tout sanglotant, il tomba dans mes bras.

Je l'emportai bien vite à la maison ; j'appelai Marguerite, — c'est le nom de ma femme ; — nous le couchâmes dans son petit lit, et comme il n'y a pas de médecin dans le village, nous nous mîmes à le soigner du mieux qu'il nous fut possible.

Il ne tarda pas à se calmer, nous fit signe de

12.

le laisser en repos, et parut s'endormir... mais d'un étrange sommeil, la bouche entr'ouverte et ses grands yeux fixés au plafond.

— Catherine ! murmurait-il de temps en temps et si bas qu'on eût dit qu'il parlait à un fantôme ; Catherine... tu es donc toujours aussi blanche que la dernière fois que je t'ai vue dans ton linceul ! Est-ce toi, Catherine ? Est-ce bien toi, ma sœur ?

Et il paraissait heureux, recueilli, charmé, comme s'il eût regardé à travers une fenêtre du paradis.

— Chut ! fit Marguerite en m'entraînant au dehors. Laissons-le... il rêve !

— C'est égal, répondis-je, tout ça n'est pas rassurant... je m'en vas chercher un médecin.

Je partis en courant pour Trouville.

Quant à Marguerite, elle avait murmuré d'un air tout songeur :

— Quelque chose me dit là que le mal de

Petit-Jacques est un de ceux pour lesquels il faut avant tout s'adresser au bon Dieu ; je m'en vais prier sur la tombe de notre fille.

Lorsque je ramenai le médecin, — et j'avais suivi, sinon précédé, le grand trot de son cheval, — nous trouvâmes Marguerite effarée, folle de désespoir et de terreur.

En revenant du cimetière, elle avait voulu monter dans la chambre où nous avions laissé l'enfant : cette chambre était vide !

— Nous l'avons perdu pour jamais ! sanglotait la pauvre mère éperdue. Sa sœur Catherine était ici tantôt... il la voyait bien, lui... elle l'aura remporté avec elle !

Peu s'en fallut que je ne partageasse la superstitieuse désolation de Marguerite. Heureusement le médecin me fit remarquer que la fenêtre était ouverte, et qu'au bas de cette fenêtre, à laquelle grimpait un vieux poirier, des traces de petits pieds étaient empreintes

dans la terre fraîchement remuée de la plate-
bande.

— Calmez-vous, mon brave homme, me
disait-il en même temps. Voici qui prouve que
l'enfant a du moins de bonnes jambes, et que,
jusqu'à ce qu'il soit retrouvé, je n'ai plus rien
à faire ici.

Déjà j'étais dans le jardin, ajouta le père;
déjà, le visage contre terre, je m'efforçais de
suivre la piste de Petit-Jacques.

De son côté, comparable à la louve à qui
l'on a ravi ses louveteaux, Marguerite explorait
tous les environs.

Deux heures plus tard, nous étions tous les
deux de retour, mais la tête basse et le regard
atterré.

Ni l'un ni l'autre nous n'avions retrouvé
notre enfant, ni l'un ni l'autre nous ne savions
ce qu'il était devenu !

Nous attendîmes jusqu'au soir, dans d'inexprimables angoisses.

La nuit arriva... Rien encore, toujours rien !

Tout à coup, au moment même où sonnait l'Angelus, la porte s'ouvrit doucement... et Petit-Jacques entra.

Il avait repris ses couleurs et son vif regard ; il était calme,, rasséréné, presque joyeux ; il semblait ne s'être jamais mieux porté que ce soir-là.

— Malheureux enfant ! nous étions-nous cependant écriés, Marguerite et moi, d'où viens-tu donc ainsi ?... Mais qu'as-tu fait ?

Il mit un doigt sur ses lèvres et répondit :

— Je viens de dire bonsoir à Catherine.

— A Catherine !

— Tu sais bien... la demoiselle pâle... Elle demeure au château... Je me suis caché sous le grand massif d'hortensias. Personne ne pouvait me voir, personne!... J'ai attendu bien longtemps... Enfin elle est venue sur le balcon... Je suis resté dans ma cachette et j'ai regardé... regardé avec tant de plaisir, que je ne me suis pas aperçu que la nuit arrivait. C'est seulement lorsque je n'ai plus distingué que sa robe blanche que j'ai repensé à vous. D'ailleurs, elle est rentrée dans la maison. « Bonne nuit! ai-je alors murmuré tout bas. Bonne nuit, Catherine! » Et puis je suis revenu... voilà tout. Pardon, père... mère, pardon... je vous ai fait du chagrin, mais j'ai été bien heureux!

Pauvre cher petit! nous n'eûmes pas la force de le gronder, ni moi ni Marguerite.

Quelques minutes plus tard, il était endormi déjà... endormi d'un paisible sommeil.

Un doux et frais sourire semblait voltiger sur ses lèvres entr'ouvertes. Seulement, au coin de ses paupières fermées, il y avait une larme, pareille à ces gouttes d'eau qu'on voit trembloter sur les fleurs après la pluie.

Marguerite et moi, nous étions encore là tous les deux, et, sans trop savoir pourquoi, nous pleurions aussi.

III

En cet endroit de son récit, le bonhomme Manoury, — tel était le nom du père de Jacques, — fit une halte.

Depuis quelques minutes déjà, l'émotion oppressait sa voix ; elle venait entièrement de s'éteindre.

J'en profitai pour examiner plus à loisir mon rustique conteur.

Il devait approcher de la soixantaine, mais

rien en lui ne décelait encore la vieillesse. A
peine quelques cheveux blancs, à peine quelques rides au coin des yeux : seulement, sa
haute taille était légèrement voûtée. Quant à
son visage, il conservait une fraîcheur presque
juvénile. Il avait le front intelligent, le sourire
d'une grande bonté, le regard un peu malin. :
c'était un vrai Normand, mais de la généreuse
et vaillante espèce. Ce qui plaisait surtout en
lui, c'étaient sa simplicité, sa sérénité, sa sensi-
bilité. Tout à l'heure, en me confiant ses plus
saintes impressions, ses impressions paternelles,
il avait su trouver des mots, des accents, des
images même d'une rare distinction, d'une
sorte de poésie naïve. Sous cette rude écorce
battait évidemment un grand cœur.

Quant à moi, ce simple et touchant récit
m'avait profondément ému. Et puis c'était au
bord de la mer que je l'écoutais ; c'était au sein
de la plus enchanteresse nature qui se puisse

13

imaginer. Tout à l'entour de nous une verte
pâture normande, mouvementée, fleurie comme
un jardin ; çà et là, les grosses ombres joufflues
des pommiers, qui semblaient, en frissonnant au
souffle de la brise, vouloir tamiser chaque rayon
du soleil en une étincelante poussière de diamants. Insectes perdus dans l'herbe, oiseaux
voletant dans les haies, tout babillait, tout ga-
zouillait autour de nous, mais doucement et
comme en sourdine : il était midi, c'est l'heure
où dorment à moitié toutes les libres créatures,
où la végétation elle-même fait la sieste. Aussi
les deux belles vaches se reposaient-elles, non-
chalamment accroupies, à l'autre extrémité du
verger, non loin de la jument grise qui som-
meillait debout, à la façon d'un soldat sous les
armes ; mais l'allègre poulain, mais les deux
génisses étaient encore en plein éveil, et parfois
venaient brouter jusqu'à nos pieds, en nous
regardant avec de grands yeux ébahis, je dirais

presque en écoutant aussi l'histoire de Petit-Jacques. Au-dessus de nos têtes, dans le ciel bleu, couraient des milliers de nuages, ici blancs comme neige, là doucement rosés par l'ardeur du jour. De toutes parts, nous étions entourés par d'admirables horizons, tout remplis de lointains murmures et de caressantes rêveries. En arrière, sur les deux flancs, c'étaient de pittoresques et verdoyantes collines, la plupart empanachées de forêts; devant nous, la perspective infinie de l'Océan, qui miroitait, légèrement agité, sous des flots de lumière. Et tout cela se déroulant autour du pommier dans l'ombre duquel nous étions assis ; un pommier non moins beau que celui qui tenta notre grand'mère Ève, un pommier dans lequel semblaient s'être donné rendez-vous toutes les fauvettes et tous les pinsons d'alentour.

Un dernier mot. Je crois vous entendre dire : « Comment! au bord même de la mer, de l'herbe haute, de larges pommiers ombreux, de grandes haies qui semblent placées là tout exprès pour servir d'éventail aux baigneurs, et presqu'à portée de la main; des bouquets de bois, une forêt... mais c'est impossible ! » A cela je vous répondrai : « Sur toute la côte française, il n'est qu'un seul coin de terre où l'on puisse jouir à la fois de toutes ces merveilles, et cette oasis bénie de Dieu... c'est Villerville ! »

Mais retournons à notre récit.

Depuis quelques minutes déjà, le coude sur son genou, le front dans sa main, le bonhomme Manoury semblait se recueillir. Il releva tout à coup la tête, et, promenant tout à l'entour de nous un regard humide encore, il reprit :

— C'est ici même, dans ce pré que l'on appelle la Fosse-Marin, que mon Petit-Jacques eut l'honneur de faire connaissance avec la famille Duhamel.

A cette époque, Villerville n'avait pas encore

d'établissement de bains ; les nouveaux venus, les premiers venus, durent donc en créer un pour leur usage particulier. M. Duhamel explora notre falaise, et choisit cet endroit, comme le plus isolé du village, comme le plus ombreux, comme celui qui présentait tout à la fois et la descente la plus facile et la plus belle plage.

Il s'empressa de louer la Fosse-Marin, et, dès le lendemain de l'arrivée de la fameuse chaise de poste qui avait si fort révolutionné tout le pays, des menuisiers et des voiliers de Honfleur vinrent installer ici des cabanes de bains, un pavillon de plaisance, des tentes, etc., etc. On eut un nouveau village qui, soudainement, à côté de l'ancien, sortait de terre.

Dans l'après-midi, la famille Duhamel traversa le village et descendit au bord de la mer pour juger de l'effet de son campement d'été.

Naturellement, toute la marmaille villervillaise les avait suivis, et franchissant les haies,

se groupant sur les talus et dans les ravines
que vous voyez là, elle regardait avidement
toutes ces figures et toutes ces choses nouvelles.

Au premier rang des curieux se trouvait
Petit-Jacques. Mais, craignant quelque autre
escapade, je l'avais escorté de loin, j'étais là.

Ainsi que vous l'avez probablement deviné,
mon fils n'était venu, lui, que pour regarder
une seule personne... la demoiselle.

Il s'était approché d'elle le plus possible, et,
le corps à demi caché par un tronc d'arbre, la
tête en avant, le sourire aux lèvres, il semblait
ne plus exister que par les yeux.

Certain qu'il ne bougerait plus de là, je suivis
la direction de son regard.

Assurément, mademoiselle Duhamel avait
quelque chose de notre pauvre Catherine, telle
du moins que nous l'avions vue dans les derniers jours de sa maladie, et je m'étonnai même

que cette ressemblance ne m'eût pas davantage
frappé la veille. C'était surtout le même amai-
grissement, la même pâleur. Pauvre demoiselle !
on eût dit qu'elle aussi, elle allait quitter la
terre. Jamais je n'ai rencontré une créature aussi
frêle, aussi épuisée, aussi souffrante : à peine
pouvait-elle se tenir debout. Son institutrice et
sa mère la soutenaient en marchant. Ses longues
mains, si blanches qu'elles en étaient presque
transparentes, tombaient languissamment avec
les plis tout droits de sa robe. Quant à son visage, on n'y remarquait qu'une chose : les
yeux... des yeux énormes et très-brillants, des
yeux entourés d'un grand cercle violacé, mais
très-doux cependant, très-tendres et très-cares-
sants. Avez-vous vu quelquefois, à la chasse,
agoniser une biche forcée par les chiens ?
Dans son dernier regard, tout plein de fièvre et
de larmes, il y a tant de tristesse, de plaintif
effroi, de regrets à la vie, qu'au moment de lui

porter le dernier coup, on détourne la tête et
l'on se sent prêt à pleurer aussi... Eh bien, les
yeux de mademoiselle Eugénie, c'était cela. Mais
n'allez pas croire qu'elle fût laide, au moins!
Bien loin de là : rien n'était plus mignon, plus
gracieux, plus charmant que sa personne, et surtout que son visage, couronné par une admirable chevelure d'un si beau noir qu'il y restait
comme des reflets de soleil. En la regardant, on
se surprenait à penser aux anges!

Elle aperçut enfin Petit-Jacques, elle le fixa
durant un instant. Il devint immobile comme
une statue, il retint son souffle, il tomba comme
en extase.

— Oh! le charmant enfant! murmura-t-elle
enfin avec une si douce voix qu'on eût dit une
musique.

Elle fit un pas vers le pommier.

A la place de notre Jacques, tout autre enfant
du village se serait aussitôt effarouché; mais

lui, bien au contraire, il s'avança davantage
encore.

— Veux-tu m'embrasser, mon petit ami ? demanda tout à coup la jeune fille en lui tendant
les bras.

Il ne se le fit pas répéter deux fois, allez,
monsieur ! Il lui bondit bel et bien au cou, et
couvrant de baisers son visage, il cria tout riant
et tout pleurant :

— Ah ! je savais bien que c'était toi, ma sœur,
et que tu me reconnaîtrais aussi... ma bonne
chère sœur Catherine !

Cet élan avait été si spontané que personne
n'avait pu le prévenir ; ces caresses furent si
brusquement passionnées, si... villervillaises,
que la pauvre demoiselle en fut toute suffoquée
et chancela, comme prête à rendre l'âme.

On s'empressa autour d'elle, on la fit asseoir
sur un talus de mousse... celui que vous voyez
là-bas, tenez ! Mais lorsqu'il s'agit d'arracher de

ses bras mon enragé Petit-Jacques... oh ! oh ! ce fut une tout autre affaire.

— Non ! s'obstinait-il avec des sanglots entrecoupés de cris de joie, non... non... je l'ai enfin retrouvée... je ne veux plus me séparer d'elle !

La bonne demoiselle put enfin reprendre la parole, et ce fut pour supplier qu'on ne contrariât plus l'enfant.

Puis, le faisant asseoir à ses côtés dans l'herbe, elle l'interrogea en souriant.

Alors Jacques lui dit des choses... Oh ! tenez, monsieur.... rien qu'à leur souvenir il m'en vient encore des larmes dans les yeux... Il persistait dans son illusion ; il la grondait d'être restée si longtemps absente ; et parfois, s'irritant de ce qu'elle ne voulût point se rappeler, il lui racontait la maladie de Catherine, sa dernière heure, son enterrement, le chagrin que nous avions eu tous. Et c'était si gentiment dit, c'était

si palpitant de tendresse et de plaisir, c'était
surtout si vrai de cœur, que la jeune étran-
gère elle-même, bien que n'y comprenant pas
grand'chose encore, en devint bientôt tout
émue.

Je parvins enfin à me faire entendre, et,
quelques commères aidant, tout s'expliqua.

— Pauvre petit chérubin! dit alors la jeune
fille avec une physionomie tout attendrie.

Et, prenant dans ses deux blanches mains
la tête blonde de mon fils, à son tour elle l'embrassa.

— Là! fit Petit-Jacques d'un air triomphant; là, vous voyez bien que je suis son
frère!

Puis, se retournant vers elle pour, derechef,
se pendre à son cou, d'une voix toute mignarde
il ajouta :

— Oh! je t'aime bien, va!

Des larmes coulèrent tout à coup sur le pâle

visage de la demoiselle, et, serrant Petit-
Jacques contre son cœur, elle lui dit :

— Moi aussi, déjà je t'aime... et je te le
promets, mon pauvre petit, je serai ta sœur !

IV

Après une seconde pause, le bonhomme Manoury continua ainsi :

— Le même jour, Petit-Jacques dînait au château ; non point à l'office, oui-da... à la table même des maîtres !

Le lendemain, en passant devant notre maison, mademoiselle Eugénie y entra.

— Voulez-vous que j'emmène mon petit frère à la Fosse-Marin ? demanda-t-elle avec un si doux sourire, que, sur son blanc visage, on eût dit un rayon de soleil.

Je vous laisse à penser si nous acceptâmes avec empressement, si nous fûmes heureux et fiers d'un tel honneur.

Dans l'après-midi, cependant, Marguerite me parut singulièrement s'attrister, et comme je lui en demandais la cause, elle me répondit :

— C'est bien long, toute une journée sans embrasser son enfant !

Ce fut la demoiselle elle-même qui, vers le soir, nous ramena Petit-Jacques.

L'enfant courut tout aussitôt se jeter au cou de sa mère, qui lui tendait les bras. La jeune fille s'était arrêtée au milieu de la salle basse, et durant un instant contempla ce tableau. Puis elle nous souhaita gracieusement le bon-jour, fit un pas vers la porte, se retourna à demi, parut hésiter et finalement nous dit :

— Je vous demanderais bien encore aujourd'hui Petit-Jacques à dîner... mais j'ai craint que cela ne vous privât...

J'allais répondre que non; Marguerite ne m'en laissa pas le temps.

— Franchement... oui... ça me ferait le cœur trop gros, eut-elle le courage de répliquer. D'ailleurs, voyez-vous bien, mademoiselle, il ne faut pas que les enfants de pauvres gens comme nous s'habituent trop au pain blanc.

— C'est juste! Allons, bonne nuit, Jacques... et à demain!

Elle embrassa l'enfant et sortit... mais avec un soupir de regret qui me serra le cœur.

— Tu as été bien dure envers cette pauvre demoiselle! dis-je à ma femme aussitôt que la porte se fut refermée.

— Possible, répondit-elle. J'en suis aussi fâchée que toi... mais, que veux-tu? je suis mère!

Pour réparer le temps perdu, elle se mit à manger de caresses notre enfant. Puis, moitié curiosité, moitié jalousie, elle l'interrogea sur les moindres incidents de la journée, du dîner de la veille. L'excellente femme, elle se mettait martel en tête pour bien se convaincre que Petit-Jacques ne l'avait pas déjà oubliée quelque peu, que sa nouvelle amitié pour la demoiselle ne faisait aucun tort à son affection pour nous, qu'il ne regrettait en aucune façon la table richement servie du château, etc., etc... Oh! les femmes!... Voyez-vous bien, monsieur... les femmes seront toujours femmes !

Heureusement, Petit-Jacques n'a rien d'ingrat, pas même l'estomac. Non-seulement il nous fit grande fête à nous, mais encore à notre soupe au lard.

Bon petit cœur ! il n'oubliait pas non plus mademoiselle Eugénie. Bien souvent, durant la soirée, il nous répéta :

— Je sais bien maintenant que ce n'est pas Catherine... mais, comme Catherine, elle a l'air de bien souffrir !... comme Catherine, j'ai grand'peur qu'elle ne s'en aille au ciel et qu'elle n'en revienne plus jamais !

Marguerite, tout à fait rassurée, dit enfin à son fils :

— Allons... allons... je te permettrai d'aller avec elle demain, mais pas tout le jour durant : il me faut aussi ma part.

A l'heure où mademoiselle Eugénie était venue la veille, Petit-Jacques l'attendit vainement au passage ; la cloche de midi sonna sans que personne du château descendît encore vers la mer.

Nous nous mîmes à table, mais assez tristes tous les trois.

L'enfant se sentait vaguement inquiet ; moi j'avais au cœur comme un regret ; Marguerite y avait comme un remords. Tout à coup la porte s'ouvrit, et **M.** Duhamel parut sur le seuil.

Il avait l'air tout désespéré, tout abattu. Sans à peine nous saluer, sans même paraître nous voir, il vint lentement s'asseoir sur une chaise basse, et, laissant tomber son front dans sa main, il murmura d'un ton qui faisait mal à entendre :

— Ma fille est bien mal aujourd'hui... Elle est bien mal aujourd'hui, ma pauvre fille !

Tous trois, nous nous empressâmes autour de lui ; mais il ne parut apercevoir que Petit-Jacques, et, lui mettant la main sur la tête :

— La compagnie de cet enfant lui avait fait du bien, poursuivit-il... Avant-hier, elle avait dîné de bon appétit ; hier soir elle n'a pas mangé du tout... et ce matin elle s'est sentie trop faible pour prendre son bain, pour aller respirer cet air qui doit, dit-on, lui rendre la vie. Ce qui m'inquiète surtout, ce qui me désole, c'est qu'elle s'ennuie, c'est qu'elle est triste. Laissez-moi lui ramener ce petit, qui semble avoir le don de réveiller son cœur et de la faire sourire. Je vous donnerai tout ce que vous voudrez, je suis riche... très-riche... mais bien malheureux, allez!... Dites, voulez-vous?

Ma femme et moi, nous voulûmes protester de notre désintéressement, bien qu'au fond du cœur, — franchement je vous l'avoue, — il y eût déjà peut-être le pressentiment argentin d'une bonne fortune. Dame ! on n'est pas Normand pour rien.

Et puis ce qu'on amasse, ce qu'on gagne, c'est pour ceux qu'on aime !

M. Duhamel nous interrompit :

— Écoutez encore... Je veux terminer tout de suite cette affaire-là. Ce n'est pas un caprice, c'est une sincère et durable amitié que ma fille a conçue pour Petit-Jacques. Hier soir, tout

attristée déjà de ne point l'avoir à ses côtés,
elle nous a dit : « Il me prenait pour sa sœur
qui est morte ; moi je l'ai pris pour un ange du
bon Dieu qui venait me dire de sa part : Tu
vivras ! J'ai besoin de lui, c'est mon porte-bon-
heur, c'est ma santé. » Voilà quelle est la
croyance d'Eugénie, et le fait est qu'aujour-
d'hui elle se trouve plus mal. Des esprits forts
traiteraient peut-être cela d'enfantillage... moi
j'y veux voir le doigt de la Providence.
D'ailleurs, je me suis fait une loi de prévenir
toutes les fantaisies de ma pauvre enfant, d'o-
béir en aveugle à toutes ses volontés... car à
chacune je me dis : « Hélas ! c'est peut-être la
dernière... et je n'aurai plus bientôt à dépenser
de l'argent que pour sa tombe ! » Demandez-
moi donc ce qu'il vous plaira, je vous le
répète. Y a-t-il dans le pays une pièce de terre
dont vous ayez le désir ? Si cette maison n'est
pas votre propriété, souhaitez-vous que je vous

l'achète? parlez... ne, craignez pas d'être exigeants. Mais il me faut Petit-Jacques... il me
le faut tous les jours! Votre fils, du reste, ne
saurait qu'y gagner; ma fille veut lui donner
des leçons... son institutrice l'y aidera... moi-
même je compléterai leur œuvre. Nous ferons
de lui autre chose qu'un paysan, je vous le
promets... et bien loin que vous soyez mes
obligés, vous aurez des droits à la reconnaissance d'un pauvre père dont vous aurez peut-
être sauvé la fille!... Tenez... je vous le
demande avec des larmes dans les yeux...
Vous consentez, n'est-il pas vrai?... Où est
Petit-Jacques?

Dire ce qu'il y avait eu d'émotion, de bonté,
de douloureux espoir dans toute cette longue
prière, ce serait impossible.

Durant un instant, nous nous regardâmes
en silence, Marguerite et moi.

Dans les yeux tout en pleurs de la mère se lisait un violent combat.

Oh ! c'est qu'elle le pressentait bien déjà, ce n'était pas seulement pendant le séjour de la famille Duhamel à Villerville, c'était aussi pour Rouen, c'était pour toujours qu'on lui demandait son fils !

— Femme, dis-je enfin, il faut répondre. Monsieur Duhamel a raison... tu dois bien le sentir... il y va de l'intérêt de l'enfant ?

— Tais-toi ! se récria Marguerite. Si je me sépare de lui, c'est parce que moi j'ai perdu ma fille, et que je ne veux pas refuser un père qui croit que je puis sauver la sienne !

— Merci ! fit avec un élan de joie M. Duhamel. Oh ! merci... Tenez, madame Manoury... vous êtes une brave femme !

Quant à moi, j'embrassai de bien bon cœur Marguerite, et je lui dis avec des pleurs tout plein les yeux :

— Décidément, femme, tu vaux encore mieux que je ne le pensais !

M. Duhamel essuya ses yeux, et reprit en souriant :

— Mais j'y songe !... ce n'est pas tout... il nous faut encore un consentement.

— Lequel donc !

— Eh !... parbleu... celui de Petit-Jacques.

Alors seulement nous nous aperçûmes les uns et les autres que l'enfant n'était plus là.

Ce fut en vain qu'on le chercha, qu'on l'appela de tous côtés dans la maison.

Qu'était-il donc devenu ? Où pouvait-il être allé ainsi sans nous en demander la permission, sans que même nous l'eussions entendu sortir ?

Eh ! monsieur... pourquoi ne pas vous le dire tout de suite ? il avait couru de lui-même au château. En apprenant que la demoiselle s'était affectée de son absence et se trouvait plus souffrante en ce moment, il n'avait plus écouté que son cœur, et pendant que nous discutions encore, il était déjà près d'elle.

V

A partir de ce jour-là, Petit-Jacques vécut beaucoup plus au château que chez nous; chaque matin un grand domestique galonné sur toutes les coutures venait le prendre, et le soir seulement, parfois fort tard, il le ramenait à la maison.

C'était là pour Marguerite le grand moment de la journée. Aussi, avec quelle impatience attendait-elle le retour de son fils ! comme elle

14

l'embrassait! comme elle le faisait parler! Puis, de plus en plus convaincue que, s'il s'attachait davantage chaque jour à mademoiselle Eugénie, il ne nous en aimait pas moins que par le passé... comme elle s'endormait contente!

Gardons-nous bien d'oublier les petites satisfactions d'orgueil qui contribuaient tout doucement à la consoler. Notre fils était magnifiquement habillé maintenant : du velours, du satin, du basin blanc, des escarpins vernis, des chapeaux de monsieur... Le dimanche, à la messe, on eût dit un petit prince!

Aussi fallait entendre les compliments jaloux des commères du village :

« Mazette! comme voilà votre petiot Jacques attifé, la Manoury! Savez-vous bien que les enfants de M. le sous-préfet de Pont-l'Évêque ne sont ni plus pimpants, ni plus coquets? Vous pouvez dire que vous avez du bonheur! Et ce n'est pas tout encore : on assure qu'il

apprend à dessiner, à faire de la musique... un
tas de choses, quoi! On vous en fera un
savant... Qui sait... peut-être qu'un jour il
sera notaire!... Qu'est-ce qui aurait jamais
prévu ça!... Saprédienne... en voilà, une
chance! »

A tous ces propos, comme Marguerite se
rengorgeait! comme elle était fière!

Car tout ça, monsieur, c'était la vraie vérité.
Jacques, qui connaissait à peine ses lettres lors
de l'arrivée de la famille Duhamel, commençait
à lire presque couramment maintenant; il écrivait, comptait, récitait des fables qui nous fai-
saient pâmer d'aise, ma femme et moi. Que
sais-je encore? Ses progrès en tout étaient merveilleux, et l'on ne tarissait point d'éloges sur
son compte, au château. Un jour on nous y
demanda, monsieur; on nous fit entrer au salon,
s'il vous plaît!... asseoir tous les deux dans de
grands fauteuils de velours rouge, où l'on en-

fonçait jusqu'aux hanches... et le petit se mit au piano...

Oh ! pour le coup, monsieur, qui fut étonné, ravi ? Ce fut la mère et le bonhomme Manoury. Elle en pleurait, elle... parole d'honneur !...

— Marguerite, lui dis-je en la prenant à l'écart après que la musique eut cessé, tu vois bien que le bon Dieu te récompense largement de ton sacrifice ? Es-tu contente ? mais l'es-tu... hein ?

— Oui, répondit-elle, mais ce qui m'enchante le plus, ce n'est pas tant les beaux habits et les talents de notre Petit-Jacques...

— Bah !

— C'est autre chose de mieux encore.

— Quoi donc ?

— Regarde la demoiselle !

Le fait est, monsieur, que mademoiselle Eugénie n'était plus reconnaissable... oh ! mais non... plus du tout.

Son charmant visage s'était rempli, coloré ; ses grands yeux noirs étaient encore très-brillants, mais d'un joyeux éclat, et le cercle sinistre qui les entourait autrefois s'effaçait chaque jour davantage, ainsi qu'une brume d'hiver pourchassée par le retour du printemps. Son printemps à elle, c'était la jeunesse qui refleurissait de toutes parts dans ses traits, dans son sourire, dans ses moindres mouvements. On sentait qu'un sang plus généreux circulait dans ses veines et gonflait tout doucement sa gracieuse personne ; on le voyait, pour ainsi dire, courir à travers sa peau transparente et rosée. C'était comme une résurrection, comme une métamorphose.

— Il n'y a que notre Villerville pour faire de ces miracles-là, dis-je tout bas à Marguerite.

Elle me répondit :

— Villerville... et Petit-Jacques! Regarde

14.

donc le teint frais de notre enfant et ses belles couleurs! C'est contagieux cela, notre homme. En l'embrassant tout le long du jour, elle aura respiré la vie !

On était alors au milieu d'août. Le temps fut magnifique cette année-là ; le soleil sembla mûrir, ainsi qu'un beau fruit de plus, la santé renaissante de la bonne demoiselle. Il lui mit au visage un hâle de bon augure ; il acheva de lui rendre et la force et la gaieté. Elle n'avait plus besoin de personne pour la soutenir maintenant, elle marchait d'un pas allègre qui faisait plaisir à voir ; elle descendait en courant les pentes escarpées de la Fosse-Marin, et l'on entendait retentir sous les pommiers son rire clair. La première fois qu'elle était venue chez nous, à l'heure d'un repas, elle nous avait dit : « Donnez-moi de votre pain... ce doit être bien bon, du pain bis. » Enfin, monsieur, on voyait que tout était pour elle un plaisir nouveau ; qu'une

joyeuse ivresse épanouissait tous ses sens,
qu'elle était heureuse de vivre !

Mais il y avait quelqu'un de plus heureux
encore, et plus pétulant, de plus enivré...
c'était Petit-Jacques. Il fallait voir comme il
gambadait à ses côtés... comme il bondissait
autour d'elle... comme son regard était tout
plein de gaillardise... comme chacun des accents de sa voix ressemblait à un chant de
triomphe !

Par contre, ma pauvre Marguerite devenait
toute chagrine. Maintenant que le salut de la
demoiselle s'était réalisé, maintenant que Petit-
Jacques ne semblait plus essentiel au château,
elle eût désiré le voir revenir tout à fait à la
chaumière, et, sa jalousie maternelle reprenant
le dessus, elle avait comme un brouillard dans
l'âme.

Hélas ! tout cela n'était rien encore. Le
moment le plus terrible approchait, le moment

où la famille Duhamel allait quitter Villerville, et, selon toute probabilité, voudrait emmener l'enfant.

En effet, vers le milieu de l'automne, M. Duhamel reparut à la maison, mais l'air tout réjoui cette fois, et la parole allant droit au but.

— Je viens vous prouver que je ne suis point un ingrat, dit-il. Je me charge de l'éducation de Petit-Jacques, de son établissement, de son avenir. Mais il faut pour cela qu'il parte avec nous, qu'il entre au collége de Rouen. La séparation sera dure, je le conçois ; mais, si vous aimez véritablement votre fils, vous n'hésiterez pas. Ce n'est plus pour ma fille que je vous le demande aujourd'hui, c'est pour lui-même.

Et comme nous ne savions trop que répondre encore, il ajouta :

— Réfléchissez, mes amis ; nous ne partons que dans trois jours. Rouen, d'ailleurs, n'est pas bien loin de Villerville, et vous y serez les

bienvenus toutes les fois que vous voudrez
embrasser Jacques. Quant à la façon dont il
sera traité chez nous, vous savez combien nous
l'aimons ; quant à son avenir, je vous le répète et vous en donne ma parole d'honnête
homme, je ferai pour lui ce que j'eusse fait
pour un fils !

Puis, après quelques autres bonnes paroles,
il sortit.

Alors seulement j'osai regarder Marguerite.

Elle était affreusement pâle, et relevait aussi
vers moi ses yeux tout chargés de larmes.

Je voulus parler, elle me fit signe de me
taire, et, marchant jusqu'à moi, elle vint tomber dans mes bras en éclatant en sanglots.

— Femme... murmurai-je doucement à son
oreille, allons, femme, du courage !

— Eh ! s'écria-t-elle tout à coup, si je
pleure, c'est que j'ai déjà consenti ! Mon cœur
saigne, la douleur m'étouffe, j'en mourrai peut-

être... mais mon fils sera instruit, riche, heureux... il partira !

— Bien ! fis-je en lui prenant la tête à deux
mains pour mieux l'embrasser; bien, Marguerite, tu es une vraie mère !...

En ce moment, Petit-Jacques entra.

— Chut! dit-elle vivement. Essuyons nos
pleurs et tâchons de sourire... l'enfant aurait
le cœur trop triste en partant, s'il savait que
son départ nous cause autant de peine !

Les trois journées suivantes furent bien dures
pour Marguerite, et devront lui compter au
ciel. Mais elle tint bon, ma courageuse Normande; et, sauf quelques scènes d'attendrissement dont ne put s'effaroucher Petit-Jacques,
pour tout le monde, excepté pour moi, elle
parut complétement résignée.

La veille du départ arriva.

Jusqu'au soir, la pauvre mère resta plongée
dans un morne abattement. Puis, tout à coup,

elle se prit à courir par la maison avec une sorte d'activité fiévreuse. Il s'agissait de faire la malle de Petit-Jacques.

Cette malle, il me semble encore la voir d'ici, c'était une de ces boîtes comme on en rencontre encore dans les campagnes, ni trop grande, ni trop petite, presque carrée, à couvercle bombant, peinte en couleur bleuâtre avec de grosses roses rouges par-ci, par-là. Ouverte au milieu de la salle basse, elle était entourée de toutes sortes de hardes que Marguerite y rangeait, accroupie non loin de la lampe posée sur le carreau.

Parfois elle s'interrompait dans sa besogne, et d'une voix pleine d'amertume :

— Adieu ! disait-elle en s'adressant tour à tour à chaque objet avant qu'il, disparût dans la malle. Adieu, petits bas de laine que l'hiver dernier j'avais pris tant de plaisir à tricoter moi-même... tenez-lui bien chaud l'hiver pro-

chain ! Petites chemises tissées avec le propre
fil de mon alerte quenouille, ce n'est plus moi
qui vous blanchirài maintenant !... Adieu...
adieu, chères reliques de mon cher petit ! je
vous couvre de mes larmes et de mes baisers...
cela lui portera peut-être bonheur là-bas !

Lorsque le moment arriva de fermer la
malle, elle se trouva trop pleine, et ce fut
vainement que Marguerite appuya ses deux
mains sur le couvercle. Je dus y mettre aussi
mon genou; nos têtes se rencontrèrent, et,
sans rien dire, nous tombâmes dans les bras
l'un de l'autre avec autant de désespoir que si
la boîte placée entre nous eût été le cercueil de
notre enfant.

Durant la nuit entière, Marguerite s'obstina
à rester auprès de la couchette de l'enfant, et
à plusieurs reprises, comme je l'engageais à
venir prendre enfin quelque repos, elle me répondit tout bas :

— Laisse-moi... c'est la dernière fois que je le regarde dormir !

A sept heures sonnantes, la chaise de poste s'arrêtait devant la maison.

Marguerite était calme et forte maintenant; elle souriait à travers ses larmes, et l'on n'eût jamais pu soupçonner ce qu'elle avait souffert.

Mais Petit-Jacques le devina, lui, et dans son dernier embrassement :

— Je sais bien tout le chagrin que tu as, lui dit-il à l'oreille, pauvre maman ! Moi aussi je suis bien triste de vous quitter, père et toi. Mais, patience et bon espoir ! nous ne nous séparerons plus, va... lorsque je vous aurai fait riches tous les deux, lorsque je serai devenu un homme !

M. et madame Duhamel nous renouvelèrent leurs protestations d'amitié; mademoiselle Eugénie voulut embrasser Marguerite, et, mon-

tant à son tour dans la voiture, elle fit asseoir
l'enfant à ses côtés, elle l'enveloppa dans ses
bras, elle nous jeta ce dernier adieu :

— Je suis Catherine... je suis sa sœur !

Tant que la chaise de poste gravit au pas
la rue escarpée du village, la tête de la jeune
fille et celle de l'enfant se montrèrent constam-
ment en dehors de la portière et nous souri-
rent.

Il va sans dire que nous suivions à pied tout
d'abord. Marguerite avait même la main sur
l'arrière de la voiture ; on eût dit qu'elle voulait la retenir ainsi.

Tout à coup les chevaux, atteignant le som-
met de la côte, partirent au galop.

Marguerite aussi s'élança... mais, comprenant sa folie, elle s'arrêta presque aussitôt et
resta debout au milieu du chemin, les deux bras
étendus en avant, le regard comme rivé à la
voiture, en dehors de laquelle flottait un mou-

choir blanc. La chaise de poste disparut enfin au tournant de la route.

— Ah! gémit Marguerite en tombant à demi pâmée dans mes bras, c'est mon cœur qui s'en est allé!

VI

Dans le récit du bonhomme Manoury, il y eut alors un nouveau silence, et l'on n'entendit plus dans la Fosse-Marin que la chanson des oiseaux s'ébattant dans les vieux pommiers, que le murmure harmonieux de la mer qui montait.

Au bout de quelques minutes cependant le père de Petit-Jacques poursuivit :

— Je suis entré dans de bien longs détails,

monsieur; pardonnez-le-moi. Toutes ces petites choses-là, ce sont de grands événements pour nous autres, bonnes gens du village.

Notre vie, d'ailleurs, allait être bien uniforme désormais, bien incolore et bien muette : l'enfant n'était plus là !

Moi, du moins, j'avais de temps en temps l'occasion de le revoir. A cette époque, j'étais mareyeur et libre d'aller vendre mon poisson où bon me semblait : c'était presque toujours vers Rouen que se tournait ma charrette.

M. Duhamel m'avait autorisé lui-même à lui rendre visite; et, comme bien vous pensez, je ne m'en privais point. Jacques m'accueillait à cœur joie, et toute sa nouvelle famille aussi ; il vivait là-dedans comme un oiseau dans un lit de mousse. On était de plus en plus enchanté de son bon naturel, et surtout de ses progrès au collège. Oui, monsieur... au collège... c'était là qu'on l'avait mis, avec les fils des premiers

de la ville... et il semblait devoir en être le coq !
Jugez si j'en étais flatté, monsieur, si je m'em-
pressais de remettre au brancard ma jument
grise, afin de reporter bien vite ces bonnes nouvelles à la maman Manoury ! Pauvre chère
femme ! ça la remontait pour tout un jour ;
mais le lendemain elle retombait de plus haut...
patatras ! et plus ça allait, plus ça devenait
grave. Elle en vint à me jalouser, à me dire
tout haut :

— Tiens... je voudrais te voir tomber malade, afin d'avoir moi-même à conduire la
marée là-bas... j'embrasserais du moins à mon
tour le petit !

— Il n'est pas besoin de me souhaiter mal
pour en arriver là, répondis-je en riant ; quand
tu le voudras bien, Marguerite, je ne t'empê-
cherai point de monter dans la charrette.

— Je le veux dès demain ! s'écria-t-elle, je
le veux !

On était alors en plein décembre ; la neige couvrait la terre ; les chemins étaient défoncés... et le vent, qui retournait au nord, semblait annoncer pour la nuit prochaine un froid à pierres fendre.

N'importe ! j'eus beau raisonner, supplier, me mettre en colère, prétendre que pour moi-même et pour la Grise il allait faire un trop dur temps... bernique ! il fallut partir.

Figurez-vous une nuit sombre et neigeuse, un vent de tous les diables et froidure à l'avenant..... des chemins exécrables, un pays perdu, une mauvaise charrette toute cahotante et qu'abritait à peine un lambeau de toile tourmenté par la bise !

Et Marguerite ne se plaignait pas, monsieur ; bien au contraire, elle paraissait enchantée de son voyage, et quand je lui demandais : — Femme, n'as-tu point par trop froid ? elle me répondait en souriant : — Je ne pense qu'à mon plaisir de demain matin, ça me fait l'effet d'un soleil !

Nous arrivâmes enfin. Quant à la scène qui s'ensuivit, ce sont de ces choses qui ne peuvent pas se dire avec des mots.

Deux autres fois durant l'hiver je réunis la mère et l'enfant. Mais il est écrit que les femmes ne seront jamais contentes. Marguerite, qui aurait dû s'estimer bien heureuse, avait trouvé moyen de se mettre en tête une autre histoire.

— Oui... me disait-elle un jour que nous entrions à Rouen... oui, notre fils est bien élevé, notre fils nous aime et nous fait toujours grand accueil. Mais s'il nous rencontrait ainsi, toi dans ta limousine et moi sous mon capot, dans cette charrette, au milieu de ces paniers de moules et de ruchons... s'il nous rencontrait en pleine rue, dans ses pimpants habits de fête, et que par aventure tous ses camarades de collége fussent là... qui sait s'il ne rougirait pas de nous? qui sait s'il oserait nous reconnaître?

Au moment, même où Marguerite achevait toutes ces suppositions mauvaises, nous débouchions sur la grande place de la cathédrale. C'était précisément un jour de fête, et parmi la foule qui se rendait à l'office, on distinguait la longue file bleuâtre des collégiens allant deux par deux. Je flanquai un vigoureux coup de fouet à la Grise, la charrette atteignit l'angle du monument, j'avançai la tête en dehors de la capote, et sitôt que j'eus aperçu Petit-Jacques, je le hélai à haute voix.

Oh! j'en étais bien certain, l'enfant n'hésita pas. A peine eut-il relevé la tête, à peine nous eut-il reconnus, qu'il s'élança hors des rangs, franchit en deux bonds le marchepied, et, sans même penser que tous ses camarades le regardaient, se précipita joyeusement dans les bras de sa mère.

— Tu vois ! dis-je à Marguerite.

— C'est vraiment un bon petit cœur ! me répondit-elle aussitôt que j'eus à mon tour embrassé l'enfant et qu'il eut rejoint le collége. Mais tu as eu tort, François... peut-être que le petit va être méprisé maintenant à cause de nous ?

Pour le coup, monsieur, la femme avait raison ; et si la chose eût été à refaire, j'y eusse réfléchi à deux fois. Mais je m'en consolai bien vite en songeant qu'après tout la rencontre prouvait l'excellent naturel de mon Jacques, et que dans le cas où ses camarades voudraient faire les mauvais plaisants, il avait... Dieu merci !... de bons poings au bout des bras, des poings de paysan.

Le printemps se passa sans autre incident remarquable, et bientôt les pommes commencèrent à se colorer aux chauds rayons de juillet.

La famille Duhamel revint à Villerville, mais

hélas! sans ramener encore Petit-Jacques.

— Vous voyez que je sais me sacrifier aussi à son intérêt, nous dit gracieusement mademoiselle Eugénie; nous l'avons laissé comme pensionnaire au lycée jusqu'aux vacances.

— Et quand est-ce les vacances?

— A la mi-août.

Le 14 août, notre fils arrivait. Il était tout chargé de couronnes, monsieur, il avait remporté tous les prix!

Ces prix, ces couronnes, Marguerite ne manquera pas de vous les montrer... et bien d'autres avec... si jamais vous nous aites l'honneur de venir à la maison. C'est là notre bibliothèque à nous, notre trésor, et nous en sommes orgueilleux... oui-da... ni plus ni moins que le roi des diamants de sa couronne!

Je vous laisse à penser toutes les joies de ce premier retour.

Malheureusement, elles furent de courte durée.

Mademoiselle Eugénie retomba malade, et, cette fois, d'une façon terrible.

Pauvre jeune fille! Elle était repartie cependant bien ravivée, bien fraîche et bien souriante, à la fin du précédent automne; mais les roses de son teint s'étaient flétries au souffle de l'hiver, ainsi que les dernières fleurs des champs. Ajoutez à cela la mauvaise influence de l'air des villes pour une aussi délicate santé. Déjà, lors de son retour, nous l'avions trouvée bien amaigrie, bien affaiblie, bien pâlie. Cette fois, la campagne et la mer restèrent impuissantes; elle languit, elle se traîna jusqu'à l'arrivée de Petit-Jacques. La joie de le revoir lui donna le dernier effort de la lampe prête à s'éteindre. Durant deux ou trois jours, on la revit s'agiter, courir en riant sur la grève ou dans la verdure. Hélas! ce suprême élan la brisa. Un matin, elle voulut sortir et chancela sur le seuil. Elle s'assit un instant pour reprendre quelque force, elle essaya de se relever... elle retomba anéantie, mourante !

Ce fut alors une désolation, un désespoir dans tout le château, dans tout le village ; car il n'était personne qui ne l'aimât, la charitable et angélique demoiselle !

Mais celui qui la chérissait le plus, monsieur, plus que son père, plus même que sa mère, c'était Jacques.

— Ah ! murmurait-il tout en pleurs, ah !... je le disais bien, moi, que c'était une autre Catherine... Dieu ne nous l'avait rendue que pour un temps... elle était trop belle, elle était trop bonne pour rester sur la terre ; sa vraie place est au ciel !

Cependant on avait écrit à Rouen, à Paris ; de célèbres médecins arrivèrent en toute hâte, une consultation solennelle eut lieu au château.

Mais M. Duhamel avait bien compris que le véritable arrêt de la science ne serait pas pro-

noncé devant la jeune malade, devant sa mère.
Il voulait connaître la vérité, lui, il se sentait le
courage de tout apprendre ; il dit aux docteurs :

— Réunissez-vous dans la maison de François Manoury avant de repartir ; j'irai vous y
rejoindre.

Nous étions prévenus, nous fîmes asseoir les
docteurs, et nous nous retirâmes respectueusement à l'écart.

Le pauvre père ne tarda pas à arriver.

— Messieurs, dit-il dès en entrant, parlez-moi
comme on doit parler à un homme.

Hélas ! la réponse fut accablante. La jeune
fille ne pouvait plus être sauvée que par un
miracle. Tout ce qui était possible, c'était de pro-
longer sa vie durant quelques mois, durant une
année peut-être. Mais pour obtenir ce résultat,
il fallait quitter immédiatement la Normandie,
aller chercher un climat plus généreux, celui de
l'Italie ou tout au moins du midi de la France.

— Imaginez un moyen de transporter mademoiselle Duhamel avec tous les soins que son
état exige, conclut le plus âgé des médecins,
qui portait la parole au nom des autres; mais
partez sans perdre un seul jour, et surtout que
votre fille ne soupçonne rien : la vérité la tuerait! Nous nous retirons, monsieur... Mais ne
prenez point nos paroles pour un arrêt irrévocable... il vous reste encore deux espérances; le
soleil et Dieu !

Quelques secondes plus tard, notre maisonnette était redevenue silencieuse, et nous nous
empressions autour de M. Duhamel, mais sans
avoir pu trouver encore une seule parole digne
de consoler l'immense et morne douleur dans
laquelle il restait enseveli.

Tout à coup, de l'angle le plus obscur de la
salle basse, un sanglot s'éleva.

— Qui donc était là? s'écria vivement M. Duhamel. Quel autre que nous trois connaît mon
secret ?

Ai-je besoin de vous le dire, monsieur ! c'était
Jacques. Il avait eu soupçon de quelque chose ;
impatient de connaître la vérité, il s'était faufilé
dans la maison à la suite des médecins, il avait
tout entendu.

— Malheureux enfant ! fit M. Duhamel, je ne
puis plus maintenant te laisser approcher de ma
fille ; car ils l'ont dit, ces hommes : une indis-
crétion la tuerait !

— Oh ! se récria vivement Petit-Jacques,
oh !... n'ayez pas crainte de ce que je sais tout,
monsieur. Elle n'apprendra rien par moi... je
vous le jure... jamais rien !

Dans la voix de l'enfant, dans son regard, il
y avait une telle énergie, une si intelligente
volonté, que tout autre qu'un père au désespoir
eût immédiatement pris confiance en lui.

— Si la chose est possible, nous partirons
sans toi, conclut inflexiblement M. Duhamel,
qui s'empressa de retourner au château.

Mais, quelques prières, quelques subterfuges qu'on employât, mademoiselle Eugénie ne voulut consentir à partir le jour même qu'à la condition que celui qu'elle appelait son petit frère serait du voyage.

Lorsque M. Duhamel vint nous apporter cette nouvelle, il n'eut qu'à regarder Marguerite, il n'eut qu'à lui dire un seul mot pour qu'aussitôt elle s'écriât :

— Emmenez-le, monsieur ! emmenez-le !

— Hélas ! ce ne sera peut-être pas pour longtemps !

— Je prierai Dieu qu'il ne revienne que dans un ou deux ans, mais que ce soit avec la demoiselle, conclut Marguerite.

Cette fois la digne mère était calme et résolue ; elle ne songeait même pas à pleurer.

Quant à Petit-Jacques, lorsqu'il renouvela la promesse de ne rien révéler de ce qu'il savait, on eût dit un homme qui faisait un serment.

Le soir même, la famille Duhamel quitta Villerville.

On avait disposé pour la jeune malade une sorte de brancard, sur lequel elle fut portée jusqu'à Honfleur.

Là, un bâtiment à vapeur que M. Duhamel frétait tout exprès le reçut avec toute sa famille.

Ce paquebot devait remonter la Seine jusqu'à Paris, peut-être même au delà.

Il va sans dire que nous avions accompagné Petit-Jacques jusqu'au lieu de l'embarquement.

Lorsque tout le monde fut à bord, lorsque les grandes roues commencèrent à battre le flot qui montait, il était déjà presque nuit.

Une belle nuit de fin d'août, une tiède nuit, une nuit bleue, une nuit toute semée d'étoiles.

Nous courûmes jusqu'à l'extrémité de la jetée, et là, bien après que le bateau se fut perdu dans les brumes du lointain, nous regardions encore!

VII

Ce qui va suivre, monsieur, je n'en ai plus été le témoin ; mais je me le suis fait raconter tant de fois par mon fils, qu'il me semble que moi aussi j'étais là.

Le paquebot sur lequel venait de s'embarquer la famille Duhamel était un de ceux qui sont construits spécialement pour la navigation des rivières ; il remonta dans la haute Seine aussi loin qu'il lui fut possible d'aller. Puis, comme

c'était le moyen de transport le plus rapide et
surtout le moins fatigant pour la jeune malade,
— elle voyageait pour ainsi dire dans son lit,
— on gagna directement la Saône, où les voyageurs trouvèrent un second bateau, semblable
au premier, et qui déjà les attendait. De la
Saône on passa dans le Rhône, qui fut des-
cendu sans désemparer jusqu'aux environs de
Marseille.

Alors seulement on reprit la route de terre ;
mais déjà le terme du voyage approchait :
c'était à Hyères que se rendait la famille Duhamel.

Il paraît, monsieur, que c'est un admirable
pays que celui-là. Jamais d'hiver, jamais même
de brumailles. Toujours un ciel bleu ; toujours
du soleil, de la verdure, des fleurs. Et quelles
fleurs ! des lauriers-roses, des cactus et de
grands aloès en guise de haies, partout des
buissons de jasmin, des forêts d'orangers, qui

parfument l'air ainsi que l'encens des églises.
Un vrai paradis, quoi !

M. Duhamel avait fait retenir à l'avance une
charmante villa, bâtie à mi-côte du célèbre
amphithéâtre qui abrite la baie des vents du
nord. De la terrasse, la vue planait sur la
mer... non point une mer grise et verdâtre
comme chez nous, mais une mer d'azur et des
horizons d'or !

Mademoiselle Eugénie était arrivée là brisée,
épuisée, presque mourante. Quelques précau-
tions qu'on eût prises, ce long voyage l'avait
énormément épuisée. Plusieurs fois, durant la
route, on avait craint qu'elle ne pût aller plus
loin ; on avait fait halte ; puis on était reparti,
transportant cette frêle existence avec autant
de soucis, avec autant de prudence que nous
en mettons, nous autres habitants des bords de
la mer, lorsque par un grand vent nous allons
sur les dunes avec une pauvre petite lumière

qu'on tremble de voir s'éteindre à chaque pas.

Durant les premiers jours, la jeune malade resta donc plongée dans une atonie profonde, dans une immobilité presque complète. On eût dit un sommeil léthargique. Puis, tout à coup, pareille à la fille de Jaïre se réveillant au tout-puissant appel du Christ, elle se leva lentement de sa couche, elle ouvrit de grands yeux étonnés, elle étendit les bras en avant, et regarda tout autour d'elle.

Par la haute fenêtre, toute grande ouverte sur la terrasse, la vue s'étendait au loin. De son premier regard la jeune malade put embrasser toutes les magnificences de ce merveilleux pays, encore inconnu pour elle. C'était précisément le matin. Elle aperçut un ciel si pur, une mer si calme, un si resplendissant soleil dans la campagne... elle se vit entourée de si admirables ombrages et de fleurs si belles... elle se sentit comme baignée dans une si douce lumière;

dans un air si tiède et si parfumé... qu'un
joyeux frisonnement parcourut aussitôt tout
son être, et que, déjà transfigurée par l'enthousiasme, elle s'écria :

— Oh! mais c'est la vie tout cela... je re-
nais... je suis sauvée... j'existe !

Il y avait là M. et madame Duhamel, Petit-
Jacques, l'institutrice, des amis, des serviteurs... Ce furent des transports de joie, ce fut
un vrai *Te Deum* de victoire. Quelques jours
cependant s'écoulèrent encore avant que la
jeune fille pùt se lever, descendre au jardin,
parcourir la contrée.

Puis, le miracle de Villerville se renouvela,
mais plus lentement et d'une façon moins complète.

Vers la fin de l'automne, mademoiselle Eugénie était presque redevenue la fraîche et charmante créature qui, l'année précédente, nous
avait pour la première fois emmené Petit-Jacques.

Pour sa mère, pour tout le monde, elle était hors de péril.

Mais non point encore pour Petit-Jacques ni pour M. Duhamel, qui seuls avaient entendu l'arrêt des médecins, qui tous deux en avaient gardé le secret.

Bien souvent, le pauvre père prenait l'enfant à part, et, après lui avoir de nouveau recommandé le silence, il murmurait avec une triste incrédulité :

— C'est bien cela qu'on m'avait promis là-bas... sa vie se prolongera ainsi que celle d'une fleur mise à l'abri du vent... quelques semaines, quelques mois peut-être... mais voilà tout, les lois de la nature sont inexorables!

Petit-Jacques avait meilleure espérance dans l'avenir, et vers cette époque il nous écrivait:

« La santé de la chère demoiselle va se rétablissant de plus en plus. Pourquoi donc les médecins ne se seraient-ils pas trompés? D'ail-

leurs ils l'ont dit : « Deux espérances nous res-
« tent : le soleil et le bon Dieu. » Le soleil, nous
en avons plus ici dans une semaine d'automne
qu'il n'y en a dans tout un été normand. Quant
au bon Dieu, je l'ai tant prié, je le prierai tant
encore... Oh ! oui, j'en répondrais... elle vivra,
elle vivra ! »

L'hiver tout entier se passa sans qu'aucun
fâcheux indice parût devoir démentir la
croyance de l'enfant. La température continuait
à être des plus favorables, et, sauf quelques
journées de douce pluie, on eût pu complète-
ment oublier la date que marquait le calendrier.
Les craintes de M. Duhamel lui-même commen-
çaient à s'effacer de son esprit. Quant à sa fille,
elle se souvenait à peine d'avoir été malade,
elle croyait à la vie comme elle croyait en Dieu.

Le printemps arriva.

Hélas ! c'était là l'époque redoutable.

Bientôt la jeune convalescente sentit dans

tout son être un engourdissement singulier,
une lassitude étrange. Les orangers allaient
fleurir, elle voulut les voir ainsi... Les forces
lui manquèrent. Elle s'en affecta beaucoup ; elle
ne tarda pas à perdre de nouveau les quelques
couleurs qui lui étaient revenues. Son appétit
en même temps s'en allait, et l'effrayante pâleur d'autrefois reprenait possession de son
visage, mais avec une teinte plus livide, plus
terreuse que par le passé. Elle se plaignit de
violents maux de tête et de soudains accès de
fièvre qui lui embrasaient le corps. Puis, tout
à coup, son sang se refroidissait tellement,
qu'il semblait ne plus circuler en elle, et que sa
main devenait glacée comme celle d'un cadavre.

Évidemment c'étaient là de terribles symp-
tômes, et déjà, dans tout son entourage, chacun
regardait sa fin comme prochaine. Mais, par
une toute spéciale grâce d'en haut, elle seule
ne soupçonnait rien encore, et, la mort déjà sur

le front, elle continuait de sourire à l'avenir.

Malheureusement les phthisiques abondent à Hyères, et vers le printemps bien des tombes nouvelles se creusent au cimetière. Mademoiselle Eugénie remarqua l'absence de quelques jeunes gens, de quelques jeunes filles qu'elle rencontrait ordinairement dans des maisons amies, et qui jour à jour venaient à disparaître. Elle s'informa de ce qu'ils étaient devenus. — Il sont retournés dans leur pays, lui répondit-on. Elle le crut, ou du moins feignit de le croire. Mais déjà son sourire devenait contraint, inquiet, attristé.

Dans la maison voisine demeurait une jeune Anglaise, à peu près de son âge, et avec laquelle elle s'était particulièrement liée. Une semaine s'écoula sans qu'on en entendit parler. Elle manifesta le désir d'aller lui rendre visite, et après plusieurs refus, plusieurs atermoiements, un soir elle s'esquiva toute seule de la

maison afin d'éclaircir le pressentiment qui lui
tourmentait l'esprit.

Pauvre demoiselle ! ce qu'elle avait supposé,
c'était la maladie, ce n'était pas la mort.

En arrivant à la demeure de son amie, elle
trouva la porte toute grande ouverte, le jardin
rempli d'une foule silencieuse, la maison voilée
de tentures funèbres, et sur le seuil, entre des
cierges allumés, un cercueil drapé de blanc...
celui de la jeune Anglaise.

Mademoiselle Duhamel ne jeta pas un cri ; elle
tomba aussitôt, comme frappée de la foudre.

Quelques instants plus tard, lorsqu'on la
rapporta chez ses parents, elle était évanouie,
inanimée, presque sans souffle, aussi livide
qu'une morte.

Oh ! ce dernier coup avait été terrible pour
la pauvre enfant.

Elle revint à la vie cependant ; mais à son
effrayante torpeur succéda une crise plus ef-

frayante encore. Durant toute la nuit, elle fut
en proie à une fiévreuse exaltation, à une sorte
de délire convulsif. Il lui prenait des terreurs
étranges, et, s'enveloppant dans ses draps, se
collant contre la muraille comme pour fuir quelque menaçante apparition, elle s'écriait avec de
plaintifs sanglots, avec des gémissements qui
vous déchiraient le cœur :

— Je ne veux pas qu'on me couche auss_i
dans un cercueil !... Gardez-vous bien de m'en-
terrer, je suis vivante !... Et puis, je me trouve
si bien ici... Oh ! pourquoi m'avoir montré ce
beau ciel, cette riante nature?... mais c'est un
paradis qu'on ne peut plus quitter ! Ne m'en
chassez pas encore, je vous en supplie... Laissez-moi revoir une dernière fois les orangers
en fleur !... Mourir... oh! mais j'ai dix-sept
ans... je n'ai jamais fait de mal à personne...
je suis aimée de tous... épargnez-moi, mon
Dieu! c'est si bon de vivre! Oh! pas encore!

Je ne veux pas... non, je ne veux pas mourir!

Et cent autres choses navrantes qui, devenaient presque de la folie.

Au jour enfin, brisée par le désespoir, elle
retomba dans une sorte d'engourdissement, qui
peu à peu se transforma en sommeil. Mais, dans
ses songes, sans doute, elle voyait toujours l'é-
pouvantable Mort se dresser à son chevet, tendre vers elle ses bras décharnés, car de temps
en temps elle frémissait encore, et à travers ses
paupières fermées ruisselaient souvent de grosses
larmes.

Il s'écoula plus d'une semaine avant que la
fièvre la quittât, avant qu'elle eût complétément
recouvré la raison.

Mais ce n'était plus maintenant la même jeune
fille. A sa belle confiance d'autrefois, à sa sérénité naïve, venaient de succéder subitement une
sombre appréhension, un morne et continuel
effroi de l'avenir. Autant elle s'était montrée

crédule, autant elle devint défiante ; et, bien
qu'elle n'osât pas l'avouer encore, déjà dans
son regard se lisait cette obsédante pensée :
Vous me trompez tous! Son hésitation fut longue,
mais son impatience de la vérité augmentait de
jour en jour. Elle s'obstina cependant au silence ; elle ne voulut d'abord interroger que ses
souvenirs. Mais tout était confus dans sa pauvre
tête endolorie, et c'était vaguement que lui re-
venaient les terreurs de ses rêves. Enfin, lasse
de questionner des fantômes, elle prit la résolution de faire parler les vivants, elle se dit avec
une énergique volonté : Je connaîtrai mon sort !

C'était le soir, tout le monde précisément se
trouvait réuni sur la terrasse. Elle aborda franchement l'entretien en déclarant qu'elle se savait
condamnée ; mais chacun était sur ses gardes,
et tout aussitôt se récria. Ce fut en vain qu'elle
feignit l'indifférence et la résignation, en vain
qu'elle joua tour à tour et la femme forte et la

capricieuse fillette, en vain qu'elle supplia,
qu'elle pleura, qu'elle s'emporta, qu'elle tendit
mille piéges à toutes les affections groupées autour d'elle; personne ne se laissa prendre en
défaut, personne ne lui permit de deviner les
larmes que chacun refoulait héroïquement au
plus impénétrable de son cœur. Et cependant
la perfide questionneuse regardait plus avidement encore les yeux qu'elle n'écoutait les paroles !

— Tu n'as jamais été sérieusement malade,
lui répondait sa mère ; c'est un peu de faiblesse,
un peu d'irritation, une simple fièvre de crois-
sance... Voilà, ce que c'est, mademoiselle, que
de vouloir grandir trop vite !

Et elle avait le courage de sourire.

— Ah ! répondait la jeune fille, de plus en
plus songeuse.

— Garde-toi bien de te frapper l'esprit, ajou-
tait le père. Dans un mois tout au plus nous te

ramènerons chez nous, et bien portante, fraîche,
enjouée ; **tu** courras comme il y a deux ans sous
tes chers pommiers de Villerville.

— Vraiment ?

— Je te le jure.

— Ainsi... il ne vous reste aucune inquiétude
à propos de ma santé ?

— Aucune.

— Ainsi vous êtes tous très-contents... très-
heureux ?

— Très-heureux ! très-contents !

— Ah !...

Il y eut un silence, durant lequel celui qui
entend tout dut entendre tous les cœurs battre.

Puis, soudainement et comme tout à fait rassurée elle-même, la jeune fille sourit à son tour,
mais avec une étrange expression de visage.

Son regard venait de rencontrer Petit-Jacques,
et, ranimée par une inspiration toute nouvelle,
elle se disait :

— Celui-là n'est qu'un enfant... et lorsque nous serons seuls tous les deux, je le forcerai bien à parler !

Pauvre Petit-Jacques !... de bien rudes épreuves allaient commencer pour lui !

VIII

Dès le lendemain matin, la demoiselle appela Petit-Jacques dans sa chambre, et, sans faire semblant de rien, s'y renferma seule avec lui.

Puis, dissimulant toujours son but, elle alla regarder à toutes les fenêtres, écouter à toutes les portes, revint s'asseoir au milieu de l'appartement, attira l'enfant auprès d'elle, et, comme si de rien n'était, commença simplement à jouer avec lui.

Mais, tout petiot qu'il était alors, mon fils n'en était pas moins Normand ; il sentit bien où elle voulait en venir, et il se dit :

— Garde à nous !

Après avoir, durant quelques minutes, babillé de choses et d'autres, la jeune fille se prit à dire inopinément et de l'air le plus naturel du monde :

— Eh bien ! mon Jacquot, me voilà donc sauvée ?

— Sauvée de quoi ? mademoiselle, demanda l'enfant avec un si clair regard qu'elle en fut d'abord tout interdite, et pour un instant détourna les yeux.

Mais, revenant presque aussitôt à son idée fixe :

— Sauvée de la maladie ! reprit-elle, sauvée de la mort !. .

— La mort ! se récria Petit-Jacques. Est-ce que jamais personne a songé à cela ? Est-ce qu'on meurt à votre âge ?

— Ta sœur Catherine avait comme moi dix-
sept ans... Tu l'as donc oubliée, ta sœur Catherine ?...

— Oh ! non...

— Eh bien ! alors...

— C'était une pauvre paysanne... elle n'a pas
été soignée comme vous... on ne l'a pas con-
duite en ce pays.

— Ah !... tu conviens donc que, si je fusse
restée là-bas, moi aussi je serais morte ?

— Non !... non !... je n'ai pas dit cela, mademoiselle.

— Mais les médecins... les médecins qui sont
venus à Villerville... ils l'avaient déclaré, eux...
je le sais.

— Comment le sauriez-vous, puisque cela
n'est pas ?

— Voyons, Petit-Jacques, voyons !... Puisqu'il n'y a plus de danger maintenant, puisque
je me porte bien, — car je me porte très-bien,

17

Petit-Jacques, — tu peux m'avouer ce qui s'est dit là-bas... Quel mal crains-tu que cela me fasse? De la franchise... allons... je t'en prie, mon ami, mon frère!... avoue-moi tout... Tu me rendras bien heureuse !

— Mademoiselle... mais vous voulez donc que je mente?

— On t'a fait la leçon, c'est évident. Tu as promis de ne pas parler. Mais je veux que tu parles, moi... entends-tu bien, je le veux !

— Jamais je ne vous ai désobéi... Qu'exigez-vous que je dise?

— Tout ce que tu as observé, tout ce que tu as entendu...

— A Villerville?

— Oui... d'abord. Eh bien ?

— Eh bien... j'ai ouï dire que vous alliez beaucoup mieux, que le climat du Midi devait vous remettre tout à fait en santé... Et bien vite on est parti, voilà tout.

— Voilà tout... soit ! Mais une fois ici, je me suis trouvée plus souffrante encore, et il est venu d'autres médecins.

— Quant à cela, c'est vrai... Il en est venu beaucoup, et de tous les pays.

— Très-bien. Ceux-là, quelle fut leur opinion ?

— Vous le savez aussi bien que moi, mademoiselle, car je ne les ai jamais vus que lorsque vous étiez là vous-même.

— Mais quand je n'y suis plus, on cause bien un peu de mon mal ; on en cause en toute liberté. Tu es encore présent, toi... On ne se méfie pas d'un enfant... tu dois avoir entendu bien des choses.

— Pas autre chose que ce que je vous ai rapporté, mademoiselle.

— Je comprends... c'est en secret, c'est avec mystère que les hommes noirs parlent à mon père.

— Les hommes noirs ?

— Les médecins...

— Non... non.

— Et après leur départ, mon père est plus triste encore ?

— Bien au contraire.

— Ma mère se cache pour pleurer ?

— Jamais !... oh ! jamais !

— Tu mens, Petit-Jacques !

— Moi ?

— Jure-moi que tout cela c'est la vérité.

— Ma bonne demoiselle...

— Jure-le-moi par la mémoire de ta sœur Catherine.

L'enfant frissonna, mais en dedans, car les grands yeux de la mourante étaient braqués sur lui. Il se rappela les paroles du médecin : « La vérité la tuerait !... » et, priant Dieu tout bas de lui pardonner son mensonge, il répondit :

— Par la mémoire de ma sœur Catherine,

qui est au ciel et qui nous entend, je vous le jure !

Devant un serment aussi sacré, la demoiselle eut une première hésitation, presque un retour sur elle-même. Une larme perla dans ses yeux, elle se pencha vers Petit-Jacques en entr'ouvrant les bras; on eût dit qu'elle allait l'embrasser.

Mais se redressant tout à coup, et avec une recrudescence de dépit, de colère :

— Non ! se récria-t-elle impitoyablement, elle d'ordinaire si douce et si bonne... non, tu me trompes aussi, toi !... Mais de ta part, c'est odieux. Va-t'en... tu n'es qu'un ingrat !

— Moi ! se récria l'enfant désespéré, moi qui vous aime tant !

— Mensonge encore ! mensonge comme le reste ! tiens... tu le vois bien... tu rougis ?

— Je rougis... parce que vous me traitez d'ingrat... et que j'en ai vergogne.

— Tu pleures !

— Hélas ! c'est parce que vous avez l'air de
ne plus m'aimer... mademoiselle... et que vous
êtes méchante avec moi... Oh ! oui... bien méchante !

Et le pauvre petit, énervé par cette longue
épreuve, éclata enfin en sanglots.

Oh ! cette fois, la demoiselle n'y tint plus. Son
excellente nature l'emporta sur les mauvaises
suggestions de la peur : elle se laissa glisser aux
genoux de l'enfant, elle l'étreignit contre sa poitrine, elle le couvrit de baisers, elle lui demanda
mille fois pardon en l'appelant son frère.

. Et, par contre, elle ne doutait plus maintenant ; heureuse et souriante, elle se rattachait
avec confiance à l'espoir de vivre.

Mais le lendemain, mais les jours suivants,
les terreurs et l'incrédulité lui revinrent avec la
souffrance, avec la fièvre. Elle interrogea de
nouveau Petit-Jacques, elle le remit sans cesse

à la question. Pauvre enfant! sa vie devint un supplice.

Il tenait bon cependant, il persévérait avec énergie dans son généreux silence ; et parfois, à force d'adresse et de larmes, à force surtout d'amitié, il parvenait à se faire croire de mademoiselle Eugénie, à ramener le sourire sur ses lèvres, et dans son cœur l'espérance.

Après une de ces terribles scènes où son pauvre petit cœur devait être brisé ni plus ni moins qu'une barque battue contre le galet par la tempête, il nous écrivait :

« J'ai bien de la peine, mes chers parents ; mais si la demoiselle meurt, du moins elle ne se sera pas vue mourir... »

Par malheur, c'étaient les bons jours ceux-là, et ils devenaient de plus en plus rares. Bien souvent, au lieu de se raviver ainsi qu'une fleur au soleil, la pauvre malheureuse jeune fille se reployait sur elle-même, flétrie et glacée comme sous un ciel d'hiver. Sa tête se renversait en arrière sur la chaise longue dans laquelle elle était assise, ou, pour mieux dire, couchée ; son regard se voilait derrière ses paupières devenues presques bleues, elle tombait dans un anéantissement profond et semblait endormie.

L'enfant alors respirait en liberté ; il joignait ses petites mains pour remercier Dieu de lui avoir donné force et courage ; il s'approchait à pas de loup de sa sœur Eugénie ; il la contemplait en silence avec un regard de tendresse et de pitié.

Mais parfois, lorsqu'il s'oubliait ainsi, elle rouvrait tout à coup les yeux. Son sommeil n'était qu'un piége. Oui, monsieur, elle avait de ces ruses-là ; elle imaginait mille moyens de surprendre ce secret poursuivi avec tant d'acharnement et qui lui échappait toujours !

Aussi son caractère s'altérait de plus en plus. Elle s'aigrit, elle s'irrita, et, — ce qui semblait impossible, — elle devint presque mauvaise.

Tout le monde en souffrit, mais surtout Petit-Jacques.

C'étaient tous les jours des interrogatoires pleins d'embûches et de terreurs, des scènes à en devenir fou... Une torture morale... quoi !... un vrai martyre !

Et notez bien, monsieur, qu'il n'y avait plus même de bons revirements comme la première fois. Non, non... elle s'offensait finalement de son obstination, elle l'éloignait brusquement pour s'isoler dans une morne bouderie, et c'était en vain qu'il se désolait, qu'il suppliait, qu'il pleurait maintenant ; elle le chassait de sa présence, elle lui disait :

— Tu parleras... ou bien je ne t'embrasserai plus, je ne t'aimerai plus... tu ne me verras plus !

Oh! Petit-Jacques... mon pauvre Petit-Jacques, c'est alors que tu dus être malheureux, désespéré!

17.

Et cependant, monsieur, il resta muet encore.

Mais les menaces de mademoiselle Eugénie, de sa sœur Eugénie, semblèrent se réaliser. Elle en arriva à le prendre en grippe, en aversion, en haine. Un jour enfin elle lui fit défendre son appartement. Oh ! pauvre demoiselle... il fallait qu'elle souffrît bien ce jour-là !

Pour le coup, Petit-Jacques sentit qu'il était à bout de résolution, qu'il allait tout dire.

Il en eut même la pensée. Il se mit en chemin pour la mettre à exécution, il monta l'escalier qui conduisait à la chambre de la malade, il entr'ouvrit la porte...

Mais, sur le seuil même, il se ressouvint de son serment, et surtout des paroles du docteur : « La vérité la tuerait ! »

Et il s'enfuit en disant :

— J'en mourrai peut-être aussi... mais je ne parlerai pas !

Désormais, il évita la demoiselle ; il ne la vit

plus qu'en présence de ses parents, devant tout
le monde.

Le reste du temps, les heures qu'autrefois il
passait près d'elle, il se confinait au fond du jardin, et là, tout seul, il pleurait, il priait.

Mais ne voilà-t-il pas que M. et madame Duhamel se blessent de son changement de con-
duite, et que c'est lui qu'ils en accusent !

— Petit-Jacques... tu manques de gratitude
et d'affection envers celle qui t'appellait son
frère ! C'est mal, mon enfant, c'est bien mal...
Il ne t'aurait fallu cependant qu'un peu de patience encore !

Telles furent les cruelles paroles que lui dit
la mère.

Quant au père, il ajouta :

— Si tu ne te sens pas le courage d'attendre
jusque-là, mon ami, ne te gêne pas pour le dire.
Je te ferai reconduire à Villerville ; Eugénie n'a
pas besoin de toi pour mourir !

Petit-Jacques, qui d'abord était resté tout in-
terdit, voulut protester de son dévouement, dire
ce qu'il en était... Mais l'émotion ne lui permit
qu'un sanglot, et lorsqu'il retrouva enfin la parole, M. et madame Duhamel n'étaient plus là.

D'ailleurs, l'auraient-ils compris? auraient-ils
voulu le croire? On en arrivait à cette dernière
période où, dans une famille, il n'y a plus
d'oreilles, plus de regards, plus de raisonnement, plus d'âme... à cet énervant état de
choses, cent fois plus terrible encore que le
deuil, où la mort n'a pas encore frappé, mais
où déjà chacun la sent dans la maison. Le père et
la mère était comme atteints de folie... non
point la folie qui se débat et se désespère à l'approche du malheur, mais la folie morne et sombre qui déjà courbe la tête sous le suprême coup.
La jeune fille ne parlait plus, ne bougeait plus,
respirait à peine. Lentement, insensiblement,
ainsi qu'une lueur déjà presque éteinte, elle

agonisait sur sa chaise longue ; car elle n'avait
pas voulu qu'on la remît au lit, prétendant que
son lit c'était une tombe. A chaque instant, on
s'attendait à entendre retentir dans la chambre
ce cri soudain de désespoir qui toujours accom-
pagne une âme bien-aimée qui s'envole. Chaque
fois que quelqu'un en sortait, c'était pour n'y
rentrer qu'avec effroi, et du regard demandant
à tous les autres : « Est-ce fini ? » Il faut avoir
eu de ces heures-là dans sa vie pour savoir ce
qu'elles sont !

La pauvre petite flamme cependant brûlait
encore ; mais depuis quelques jours déjà toute
espérance s'était éteinte. Le dernier mot de l'a-
gonisante avait été celui-ci : « Je ne veux plus
d'hommes noirs ! » Ceux qu'elle appelait ainsi....
vous le savez, monsieur, c'étaient les médecins.
On leur avait donc donné congé, et sans insistance de leur part, allez ! ils savaient bien n'a-
voir plus rien à faire dans la maison. Quant à

d'autres étrangers, quant aux amis, aucun n'o-
sait plus y venir,

Grande fut donc la surprise de Petit-Jacques,
auquel d'ailleurs on ne faisait plus guère attention, lorsqu'il vit entrer dans la chambre un
personnage inconnu, un homme au costume
singulier, à la physionomie plus étrange encore.

C'était un Arabe, tout vêtu de blanc, robe et
burnous. Sa figure, jaune comme un parche-
min, annonçait un âge très-avancé, mais ses
grands yeux noirs conservaient un tel éclat
qu'ils semblaient lire jusqu'au fond des cœurs.
Quant à son front, qui rappelait la nuance et le
poli du vieil ivoiré, il était énorme.

M. Duhamel avait introduit l'étranger comme
un riche marchand de Tunis, qui offrait de rares
bijoux et de précieuses étoffes. La veille précisément, par un caprice de mourante, la demoiselle avait désiré des robes nouvelles.

A l'approche du Tunisien, elle manifesta cependant une sorte de répulsion. Mais son père lui dit, et avec une certaine insistance qui frappa Petit-Jacques :

— Regarde toujours, ma fille... Examine tout à ton aise, et choisis quelque chose... Tu nous ferais grand plaisir... à ta mère et à moi... Ne te presse pas, prends tout ton temps... regarde...

Déjà, comme certain d'avance d'être écouté, l'inconnu étalait ses marchandises, qui réellement étaient fort curieuses et fort belles. Mais il mettait dans tous ces apprêts une sorte de maladresse, et ne quittait pas des yeux le visage de la malade qui, de son côté, le considérait fixement, en proie à une émotion croissante.

Soit que cette émotion exerçât sur elle une secrète influence, soit tout simplement curiosité de jeune fille, elle parvint à se redresser, toucha quelques étoffes, essaya même un bracelet, mais sans cesser de regarder l'Africain.

Lui aussi il la regardait toujours.

Bien plus, tout en vantant sa marchandise, il se permettait quelques questions sur la maladie ; il trouva même le moyen de lui prendre la main et de la conserver longtemps dans les siennes.

Cependant, après avoir vendu quelques objets, il se retira.

M. et madame Duhamel le suivirent.

Aussitôt mademoiselle Eugénie appela du regard Petit-Jacques, et lui demanda à voix basse :

— C'est un médecin déguisé, n'est-ce pas ?

— Comment ! vous pourriez croire...

— Est-ce un médecin ?... réponds !

L'enfant affirma que c'était bien un marchand, et cette fois du moins il ne croyait pas mentir.

— Va-t'en ! fit-elle en laissant retomber sa tête sur le dossier du fauteuil.

— Mademoiselle...

— Va-t'en !

Et, le repoussant au moment même où il allait l'embrasser :

— Je ne veux plus que tu reviennes ici... jamais !

A peine dans le jardin, Petit-Jacques eut un accès de délire, presque de démence.

— Je ne puis plus supporter sa haine ! gémit-il en contenant à peine ses sanglots. Ma vue lui fait mal, c'est évident... je veux m'en aller d'ici. C'est d'ailleurs l'idée de son père, et puisqu'il me l'a proposé lui-même... eh bien ! soit... qu'on me reconduise à Villerville !

Pauvre petit ! son chagrin une fois calmé, assurément il n'eût plus voulu partir. Mais dans ce moment, à bout de forces, éperdu de désespoir, il courut immédiatement demander son congé.

M. Duhamel occupait un pavillon isolé de la maison, et l'on arrivait à son cabinet de travail,

soit par le grand escalier, soit par celui de service.

Notre enfant avait l'habitude de ce dernier
chemin, il le prit encore ce soir-là.

La nuit commençait à venir au moment où il
atteignit la petite porte, masquée par un épais
buisson de magnolias.

Il y avait déjà de la lumière à certaine fenêtre du premier étage : sans aucun doute,
M. Duhamel était là.

Petit-Jacques gravit rapidement les marches,
ouvrit sans frapper, et souleva l'épaisse tapis-
serie qui retombait de l'autre côté de la
porte.

Mais tout à coup sa main resta en suspens.

Il venait d'apercevoir le prétendu marchand
tunisien gravement assis entre M. et madame
Duhamel, qui se tenaient debout et qui l'écou-
taient dans l'attitude d'un anxieux respect.

— Tiens ! pensa tout aussitôt Petit-Jacques,

est-ce que mademoiselle Eugénie aurait deviné juste ?

Et, sans plus bouger qu'une statue, retenant son souffle, il regarda, écouta.

IX

— Monsieur, demandait l'Africain, n'avez-vous jamais habité la Sénégambie?

— Durant dix années environ; c'est là qu'est née notre fille.

— Plus de doute!

Et, laissant retomber sa tête sur sa poitrine, il demeura tout songeur.

— Eh bien? firent après un silence les deux voix réunies du père et de la mère.

Il releva vers eux un regard convaincu, puis
il répondit enfin :

— Vos médecins se sont abusés sur l'état de
la jeune fille. Ils l'ont traitée comme phthisique;
elle ne l'a jamais été. Je dirai plus : pour avoir
résisté si longtemps, il faut que ses organes
soient fortement trempés. Le mal qui la dévore,
qui la tue, c'est le fléau de nos brûlants climats,
c'est la fièvre du Sénégal.

— La fièvre du Sénégal!... En effet, je me
souviens...

— Ah ! pourquoi m'avez-vous appelé si tard?

— Ne reste-t-il donc aucune espérance?

— Une seule. La suprême ressource en pareil cas; mais je doute que vous osiez en avoir
le courage.

— De quoi s'agit-il donc, ô mon Dieu?

— D'un poison terrible... dont seul j'ai le
secret... et qui seul coupe parfois cette fièvre.
En ce cas, la guérison est presque immédiate et

le rétablissement s'opère avec une rapidité qui tient du miracle.

— Mais en répondez-vous, au moins ?

— J'ai dit : parfois... Parfois aussi, plus fréquemment même, c'est la mort instantanée, foudroyante.

— O mon Dieu ! frémirent en même temps le père et la mère, atterrés.

Il y eut un silence, après lequel l'Africain reprit :

— Je dois être de retour ce soir même à Nice, où le prince dont je suis le médecin m'attend. Dans la prévision de votre acceptation, j'avais apporté ce qu'il faut ; mais il ne m'est possible d'en compléter la préparation qu'à bord de la caravelle qui m'a amené ici. J'y retourne donc, et jusqu'au lever de la lune j'attendrai. Passé ce délai, si personne n'est venu, nous mettrons à la voile... et je jetterai le flacon à la mer.

— Le flacon...

— Oui. Il contiendra dix cuillerées, que la malade prendra d'heure en heure... D'heure en heure, vous m'entendez bien ?... Réfléchissez.

Et grave, insensible comme un homme de marbre, il se disposait à sortir.

Mais, se ravisant tout à coup, et tirant de son doigt une bague noirâtre qu'il posa lentement sur la table :

— Si vous ne veniez pas vous-même, ajouta-t-il, remettez à votre envoyé cet anneau. Au cas où personne ne viendrait, vous me le retournerez à Nice.

— Mais... s'écria M. Duhamel d'une voix éperdue, mais si nous allions la tuer !...

— N'est-elle pas déjà perdue pour vous ?... fit l'impassible médecin ; perdue sans retour !

— Qui sait ?... murmura la pauvre mère, dont le regard éploré s'éleva vers le ciel.

— Allah seul commande à la mort !... conclut l'Africain. Allah seul est tout-puissant !

Et il disparut.

Durant quelques minutes, madame Duhamel et son mari demeurèrent silencieux, immobiles, et les yeux fixés sur l'anneau, qui semblait et les attirer et les repousser tour à tour.

Enfin le père, sans doute plus audacieux, fit un pas vers la table, et lentement avança la main sur le tapis.

Tout à coup, la mère arrêta son bras.

— Mais, dit-il, si c'était pour elle la vie?

— Mais, répondit-elle, si c'est la mort!

Puis, après un nouveau silence, si profond cette fois que Petit-Jacques entendait le battement des deux cœurs, il y eut une terrible scène d'hésitations, de combats, de hardiesses insensées et de revirements tout pleins de sanglots. Pauvre mère torturée!... pauvre père au désespoir!... il semblait que là, devant eux, sur cette table, cette bague fût un dé fatal avec lequel ils dussent jouer en un seul coup la vie de leur fille !

M. Duhamel parut enfin l'emporter ; il allait prendre l'anneau, il allait partir.

En ce moment, au milieu de la nuit, au milieu du silence, s'éleva tout à coup le tintement lointain de l'angelus.

— Étienne !... s'écria madame Duhamel avec une exaltation soudaine, Étienne... c'est la voix de Dieu qui nous rappelle à nous-mêmes, et qui nous défend de tenter ce hasard impie ! Cet homme, c'est le démon. Il a parlé d'Allah... tu l'as bien entendu. Son dieu ne sauverait pas Eugénie... Non... Le nôtre seul est tout-puissant ! Il nous appelle, il nous exaucera... Viens à l'église !...

M. Duhamel courba la tête, fit le signe de la croix, et se laissa entraîner par sa femme.

Un instant la chambre resta vide.

Tout y semblait même profondément endormi, excepté la lampe qui continuait de brûler sur la table, et la bague qui brillait toujours auprès de la lampe.

Puis; la tète de Petit-Jacques écarta les draperies ; le corps bientôt suivit la tête.

L'enfant s'avança silencieusement vers la table contre laquelle il s'arrêta, les yeux sur l'anneau.

Enfin , avec l'hésitation de quelqu'un qui appréhende de se brûler, il le toucha du doigt.

A ce contact, — fut-ce une inspiration du ciel qui s'alluma soudain dans son cerveau?... fut-ce un accès de folie?... Jacques lui-même n'a jamais su me dire quel mobile l'avait poussé, —mais il saisit tout à coup la bague, s'élança au dehors, courut juqu'au rivage, se jeta dans un canot, se fit conduire à la caravelle niçoise, et,comme un écureuil affolé, grimpa jusque sur le pont.

L'Africain précisément était là, il attendait..

— Un instant plus tard, dit-il, et la lune se levant, nous allions partir.

— Voici l'anneau, dit l'enfant.

— Voici le flacon, dit l'Arabe.

L'échange aussitôt opéré, Petit-Jacques était déjà de retour dans le canot.

Quelques minutes après, il reprenait pied sur la plage.

Là, il demeura un instant indécis, étourdi, ahuri.

Il n'avait plus la conscience de rien, il ne se souvenait plus, il ne savait plus.

Mais le flacon lui rappela tout... le flacon qui brûlait sa main, qui lui semblait briller dans les ténèbres, ainsi qu'un charbon ardent.

D'ailleurs, une force inconnue, irrésistible, le possédait, le conduisait, le précipitait en avant.

Plus rapide donc qu'un jeune poulain lancé au galop, il regagna la grille de la villa, il bondit jusqu'à la maison, il escalada l'escalier, il atteignit la chambre de la malade.

Ni M. Duhamel ni sa femme n'étaient encore de retour de l'église.

Mais l'institutrice se trouvait là.

L'enfant ne fut guère en tourment de s'en débarrasser, allez !

— M. Duhamel vous demande tout de suite, dit-il.

Et presque aussitôt, il resta seul avec sa pauvre chère Eugénie.

Au bruit de la porte qui, par deux fois, venait de s'ouvrir et de se refermer coup sur coup, elle avait redressé quelque peu la tête. Elle aperçut Petit-Jacques qui s'avançait vers elle en silence ; elle se pencha davantage en avant, et durant quelques secondes, sans se parler, l'enfant et la jeune fille se regardèrent.

— Ah ! fit-elle en premier, c'est toi... Mais

qu'as-tu donc ? On dirait que tu veux parler enfin ?

— Oui... oui, répliqua-t-il, plus encore des yeux que des lèvres ; oui... je vous dirai tout maintenant !

— Je vais mourir ! s'écria-t-elle avec effroi.

— Non.... C'est la vie que je vous apporte... et la vie, la voilà !

Petit-Jacques montrait le flacon.

Interdite, effarée, ne comprenant pas encore, elle l'interrogea du geste et du regard.

Alors, d'une voix fiévreuse, haletante et précipitée, mais cependant, assourdie par la crainte d'être entendu du dehors, il raconta la visite de l'Africain, les déchirantes hésitations de M. et de madame Duhamel, son audacieuse initiative, à lui, Petit-Jacques, sa folle course jusqu'à la caravelle et son retour triomphant.

Il n'avait pas encore achevé que déjà la jeune

18.

fille était debout, et d'une main résolue saisissait le flacon.

— Qu'importe le danger, puisque c'est ma seule chance de salut ! s'écria-t-elle avec une exaltation vaillante. Je veux vivre... oh ! oui... je veux vivre !

Déjà elle s'apprêtait à affronter le poison.

Mais s'arrêtant tout à coup, et comme en une pieuse extase :

— Petit frère, dit-elle, prions d'abord... prions !

La jeune fille et l'enfant s'agenouillèrent tous deux, et jamais plus fervente oraison, jamais supplique plus pure ne monta vers le ciel.

Déjà des anges invisibles planaient dans la chambre, tout prêts à recueillir l'âme d'une nouvelle sœur ; peut-être, attendris et vaincus, allaient-ils reprendre en souriant leur vol.

Courageuse et résignée, la mourante cependant se relevait... Elle approcha le flacon de ses lèvres.

Alors seulement Petit-Jacques se rappela tout à coup les paroles de l'Africain : « Une cuillerée par heure, et pas plus !... »

Il se redressa d'un bond : il voulut parler...

Mais, hélas... trop tard ! Déjà le flacon était vide !

La jeune fille porta vivement les mains à sa poitrine, comme pour en arracher une affreuse douleur ; elle remua convulsivement les lèvres sans parvenir à articuler aucun son ; elle ouvrit démesurément les yeux, agita les mains, oscilla sur elle-même, et presque aussitôt, comme foudroyée, tomba.

— Petit-Jacques jeta un grand cri, et se recula, l'œil hagard, les cheveux hérissés, la bouche béante.

Quant à ce qui se passa ensuite, ce ne fut pour lui qu'un rêve... un rêve horrible !

La chambre se trouva soudainement remplie de monde... Le père et la mère se précipitèrent à corps perdu vers leur fille, et cherchèrent vainement à la ranimer. Puis, ils aperçurent le flacon sur le tapis, devinèrent tout à l'égarement de Petit-Jacques, et finalement ce terrible anathème éclata sur lui :

— Malheureux !... elle est morte !... Et c'est toi... c'est toi qui l'as tuée !

L'enfant n'en entendit pas davantage : éperdu d'épouvante, de désespoir, de remords, il s'enfuit.

X.

A un mois environ de là, comme nous allions
nous mettre à table pour souper bien tranquille-
ment, Marguerite et moi, nous vîmes entrer
tout à coup notre enfant, pâle, amaigri, hagard,
la chevelure en désordre et les vêtements en
lambeaux.

Stupéfaits, hésitant à le reconnaître encore,
nous courûmes à lui, nous le fîmes asseoir,
nous le questionnâmes tour à tour.

— Elle est morte ! répondait-il invariable-
ment, avec un regard fixe, avec un accent
étrange ; elle est morte... et c'est moi qui l'ai
tuée !...

Puis, de grosses larmes.

Tout ce que nous comprenions à cela, monsieur, c'est qu'un grand malheur nous était arrivé.

Une première explication eut lieu le soir même.
Averti par les rumeurs du village, le maire accourut à la maison, et nous apprit que depuis
déjà quinze jours il avait reçu d'Hyères une
lettre ; dans cette lettre, qui nous devait rester
secrète, M. Duhamel l'avertissait que Petit-
Jacques avait disparu de chez lui, qu'il le faisait activement rechercher dans tous les alentours, et qu'il suppliait, au cas où l'enfant
reparaîtrait à Villerville, de lui en donner immédiatement avis.

— J'écrirai dès demain, conclut le maire, et

par le retour du courrier vous aurez sans doute une explication complète.

Nous attendîmes, mais la mort dans l'âme.

Quoi que nous fissions, monsieur, il était impossible d'obtenir de Petit-Jacques autre chose que ces mots, par lesquels il nous avait salués au retour, et que sans cesse il répétait avec une même stupeur :

— Elle est morte... ma sœur Eugénie... et c'est moi qui l'ai tuée... c'est moi !

Ce qu'il y avait de plus clair dans tout cela, monsieur, c'est que notre pauvre enfant était fou !

Enfin la réponse annoncée nous apprit tout.

Mais, ce dont nous ne nous serions pas doutés, c'est que mademoiselle Eugénie était vivante, et bien vivante ; elle avait été sauvée, sauvée surtout parce qu'elle avait bu d'un seul trait tout le contenu du flacon, surtout parce que le Dieu des chrétiens, le bon Dieu, le nôtre, s'était servi de ce moyen-là pour opérer un miracle !

Je ne suis pas médecin, monsieur, je ne saurais trop vous expliquer cela ; il paraîtrait que la violence même du remède en avait fait rejeter à la malade toute la partie mortelle, et que la partie salutaire, restant seule, avait radicalement coupé la fièvre. Après une crise terrible, mais très-courte, la guérison s'était immédiatement fait sentir, et, selon le dire de l'Africain, la santé semblait revenir avec une rapidité merveilleuse. Dans peu de temps nous serions à même d'en juger nous-mêmes ; mais dès alors M. Duhamel nous assurait de sa reconnaissance et nous disait : « Bonne espérance à votre tour pour Petit-Jacques !... Alors que nous manquions de courage, Dieu s'est servi de sa main pour ressusciter notre fille ; il lui a rendu la vie, elle lui rendra la raison ! »

Ah ! je n'y croyais guère, monsieur, ni non plus Marguerite. Nous avions lu et relu cette

lettre devant notre enfant, nous avions mis en
œuvre tous les moyens imaginables pour lui dé-
montrer qu'il se trompait, pour lui faire croire
que sa sœur Eugénie allait bientôt revenir ; à
tous nos raisonnements, à toutes nos affirma-
tions, il ne répondait que son éternel et morne
refrain :

— C'est moi qui l'ai tuée ! elle est morte !...

Quant à ce qui s'était passé durant le mois qui
avait suivi sa fuite, jamais au juste on ne le saura.
Guidé par un vague instinct, il avait pris à l'aventure la direction de Villerville; il avait fait à pied
deux cent cinquante lieues, ne marchant que
la nuit, se cachant durant le jour au fond des
bois, vivant de racines et de fruits, parfois peut-
être d'une aumône. Pauvre petit !... Et c'était
ainsi qu'il nous était revenu, épuisé, dé-
charné, brisé, presque aussi perdu de corps que
d'esprit.

Quinze jours s'écoulèrent, durant lesquels sa

santé du moins se rétablit, durant lesquels il reprit un peu de ses belles couleurs d'autrefois; mais quant à son intelligence, elle semblait éteinte à jamais.

A le voir cependant, on ne se serait jamais douté de cela ; sauf la fixité de son regard, sauf l'amertume de son sourire, c'était encore un charmant enfant. Sa folie était bien douce, allez... mais bien navrante !

Un soir enfin , — beau soir d'automne , — nous étions ici tous les deux dans la Fosse-Marin ; c'était l'endroit où il se plaisait le mieux; c'était là que pour la première fois il l'avait vue, elle !

Vainement j'avais cherché à l'égayer un peu, vainement je m'étais efforcé de faire sourire sa mélancolie ; il paraissait à peine m'entendre, et, jouant avec quelques pommes déjà tombées des arbres, il répétait de temps en temps , comme un refrain :

— Elle est morte... ma sœur Eugénie... et c'est moi qui l'ai tuée !

La nuit vint... une délicieuse et claire nuit.

Tout à coup, au moment où je songeais à la retraite, j'aperçus là-bas, en haut de la falaise, comme une blanche apparition qui semblait accourir vers nous.

Je reconnus bientôt que c'était une femme... une jeune fille... une demoiselle.

Elle arriva là, entre ces deux pommiers, sur ce renflement de terrain qu'alors éclairait la lune.

Un cri de joie m'échappa. C'était elle, monsieur, c'était elle !

Elle mit un doigt sur ses lèvres, et, comme Marguerite, qui la suivait de près, elle s'arrêta.

Petit-Jacques, en ce moment, chantonnait encore :

— Elle est morte... ma sœur Eugénie... elle est morte...

Je lui frappai doucement sur l'épaule, et sitôt qu'il se fut retourné vers moi, j'étendis le bras vers la blanche et charmante fée qui nous souriait au milieu d'une nuée de lumière.

A cette vue, l'enfant se redressa tout à coup, fit un pas en avant, joignit les mains et tomba à genoux dans l'herbe...

Il y eut un instant de silence.

Puis, comme glissant à la surface de la prairie, la jeune fille arriva jusqu'à l'enfant, se pencha vers lui, l'embrassa au front, et, se reculant de deux pas, lui tendit les bras avec ce cri :

— Jacques !... petit frère !... Petit-Jacques !

— Ah ! répondit-il avec un élan spontané du cœur ; ah ! je te reconnais... C'est toi, sœur Eugénie... Te voilà donc enfin !... C'est bien toi !...

Déjà il était dans ses bras. Il la couvrait de baisers... il riait... il pleurait... il n'était plus fou que de joie !

— Vous voyez bien, nous dit-elle, que je lui ai rendu la raison comme lui m'a rendu la vie. Le bon Dieu voulait cela... nous devions nous sauver l'un par l'autre !

XI

•

Suffoqué par l'émotion, le bonhomme Manoury fit une dernière pause.

Mais, à travers ses larmes, il ne tarda pas à
me sourire.

J'en profitai vivement pour lui demander :

— Eh bien !... après ?

— Après ? repartit-il allègrement. Mais il y a
dix années de cela, et mademoiselle Duhamel

s'appelle aujourd'hui. madame la comtesse de Vareddes

— Comment!... cette charmante jeune femme qui vient de passer tout à l'heure, avec deux adorables enfants qu'elle guidait par la main...

—. C'est notre chère ressuscitée d'autrefois... sœur Eugénie.

— Mais Petit-Jacques?

— Oh! oh! m'est avis que nous ne tarderons guère à le voir non plus; les vacances sont commencées d'hier soir à Paris... Et, tenez... tenez... que vous disais-je?

Un alerte et pimpant élève de l'École polytech-nique descendait, en courant, la pente escarpée de la Fosse-Marin.

Déjà le bonhomme Manoury se précipitait à sa rencontre. Il y eut entre eux une chaude et franche accolade.

Puis, mon vieux conteur se retourna vers

moi, et, le regard étincelant de joyeuses larmes :

— C'est mon fils ! conclut-il fièrement, voilà Petit-Jacques !

FIN.

Clichy — Impr. M. Loignon P. Dupont et Cie, rue du Bac-d'Asnières.

Librairie de E. DENTU, Éditeur

Palais-Royal, 17 et 19, galerie d'Orléans.

EXTRAIT DU CATALOGUE.

AMÉDÉE ACHARD.

Le Roman du mari.......... 2 fr.

Mlle AÏSSÉ.

Lettres................... 3 »

D'ALBANÈS-HAVARD.

Voltaire et Mme du Châtelet. Mém.
d'un serviteur de Voltaire. 3 »

V. ALEXANDRI.

Ballades et Chants populaires de
la Roumanie.............. 3 »

AUG. AMIC.

Histoire de Masséna....... 5 »

ARMENGAUD.

Escapades d'un homme sérieux.
3 »

E. ARNAL.

Boutades en vers.......... 2 »

PH. AUDEBRANT.

Lss Mariages d'aujourd'hui. 3 »

S. D'ARPENTIGNY.

La Science de la main..... 3 »

MADAME OLYMPE AUDOUARD.

Comment aiment les hommes.
3 »

Histoire d'un mendiant.... 2 »
Le Mari mystifié.......... 3 »
Les Mystères du Sérail..... 3 50

EUG. D'AURIAC.

Histoire anecdotique de l'Industrie française............ 3 »

G. AVENANT.

Le Capitaine Tiburce...... 2 »

PAUL AVENEL.

Le Duc des moines........ 3 »

AYLIC LANGLÉ.

La Toile d'araignée........ 3 »

AUGUSTE BARBIER.

Iambes et Poëmes......... 3 50
Jules César............... 3 50
Rimes légères, Chansons et Ode-
lettes.................... 3 50
Silves.................... 3 50

F. DE BARGHON FORT-RION.

Mémoires de madame Elisabeth
de France............... 4 fr.

ÉMILE BARRAULT.

Le Christ................. 6 »

ÉD. DE BARTHÉLEMY.

Les Amis de la marquise de Sa-
blé..................... 7 »
Critique contemporaine.... 3 »

ARMAND BARTHET.

Horace. Odes gaillardes... 5 »

F. BAUCHER.

Dictionnaire raisonné d'équita-
tion..................... 3 »

A.-MARC BAYEUX.

Contes et profils normands. 3 »
Une femme de cœur..... 3 »

LÉON BEAUVALLET.

Les Drames de Montfaucon. 3 »

E. BEAUVOIS.

Contes pop. de la Norvége. 2 »

BERNARD DEROSNE.

Dans tous les pays........ 3 »

A. BERTEUIL.

L'Algérie française. 2 vol... 15 »

LÉON BERTRAND.

Tonton, tontaine, tonton!.. 3 »

BESCHERELLE.

L'Art de la correspondance. 2 vol.
6 »
Les cinq Langues. 4 vol.... 24 »
Véritable manuel des participes
français................. 7 50
Le Véritable manuel des conju-
gaisons................. 4 »

BARON BIGNON.

Souvenirs d'un diplomate. — La
Pologne................. 3 50

A. BLAIZE.

Voyage à la recherche d'un soldat
du pape................. 2 »

F. BODENSTEDT.

Les Peuples du Caucase... 8 »

1

Prix.

FELIX BONNAL.
Les Souffrances d'un amoureux. 3 fr.

BONNET.
Manuel du capitaliste...... 5 »

P. DE BOURGOING.
Souvenirs d'histoire contemporaine.................... 7 50

J. DU BOYS.
La Jeunesse amoureuse.... 3 »
Les Femmes de province.. 3 »
Les Mariages de province. 3 »

G. BOVIER.
Trois mois de la vie de J.-J. Rousseau................... 2 »

J. BOZÉRIAN.
La Bourse, ses opérat. 2 vol. 12 »

RAOUL BRAVARD.
Le Médecin de la mort.... 3 »

FREDERIKA BREMER.
Axel et Anna............. 2 50

A. BRY.
Raffet et ses œuvres....... 5 »

H. BUTAT.
L'Épicurien, de Th. Moore. 6 »

F. CABALLERO.
Dialogues entre la jeunesse et l'âge mûr............... 3 »
La Gaviota............... 2 50
La Famille Alvaréda....... 2 50
Un été à Bornos.......... 3 »
Un Jeune libéral et un légitimiste................. 3 »

CAÏCEDO.
Principes de 1789......... 3 50

E. CAPENDU.
Les Coups d'épingle....... 3 »
Marcof le Malouin......... 3 »
Le Marquis de Loc-Ronan.. 3 »

J. DE CARNÉ.
Un Jeune homme chauve.. 2 »

E. CARACCIOLO.
Mystères des couvents de Naples. 3 »

A. DU CASSE.
Histoire anecdotique de l'ancien théâtre. 2 vol............ 10 »
Quatorze de dames........ 3 »
Les Suites d'une partie d'écarté. 3 50

Vte DE CASTON.
Les Marchands de miracles. 3 »
Les Tricheurs............. 3 »

Prix.

G. DE CAUDEMBERG.
Le Monde spirituel........ 3 fr.

ALFRED CAUWET.
Contes du Foyer.......... 2 »

COMTE DE CAVOUR.
Lettres inédites........... 3 50

J.-M. CAYLA.
Ces bons messieurs Saint-Vincent-de-Paul. .... 3 »
Le Diable 3 50
L'Enfer démoli........... 3 »

CENAC-MONCAUT.
Contes de la Gascogne..... 2 »

G. CHADEUIL.
Le Curé du Pecq.......... 3 »
Jean Lebon.............. 3 »
Les Mystères du Palais..... 2 »

G. CHADEUIL ET HYP. LUCAS.
Panthéon des hommes utiles. 10 »

CHAMFLEURY.
Histoire de la caricature antique. 4 »

W. E. CHANNING.
Le Christianisme.......... 3 50
De l'Esclavage............ 3 50
Œuvres sociales........... 3 50
Traités religieux.......... 3 50

LE ROI CHARLES XV.
Légendes et poëmes scandinaves. 3 50

LOUIS DE CHAROLAIS.
Capitaine de la Belle-Poule. 3 »

J. CHASSAING.
Mes chasses au lion........ 3 »

LOUIS CHENOT.
Jane..................... 3 »

H.-É. CHEVALIER.
L'Espion noir............. 3 »
Le Pirate du Saint-Laurent. 3 »
Les Requins de l'Atlantique. 3 »

L. CHODZKO.
Les Massacres de Galicie... 3 »

LOUIS CIBRARIO.
La Vie et la mort de Charles-Albert.................. 4 »

A. DE CIRCOURT.
Hist. des Morisques. 3 vol. 10 »

JULES CLARETIE.
Une Drôlesse............. 3 fr.
Les Victimes de Paris...... 3 »

L'ABBÉ J. COGNAT.
Clément d'Alexandrie....... 6 »

Prix.		Prix.	

MADAME C. COIGNET.
Les Mém. de Marguerite... 2 fr.

MADAME LOUISE COLET.
L'Italie des Italiens, 4 vol.. 14 »

F. COMBES.
Histoire de la diplomatie européenne, 2 vol............ 15 »

OSCAR COMETTANT.
La Gamme des Amours.... 3 »

CH. DE COSTER.
Légendes flamandes........ 3 »

DU COURET.
Mystères du désert, 2 vol.. 7 »

LÉONCE DE CUREL.
Manuel du chasseur au chien d'arrêt.................... 3 »

M. CZAYKOWSKI.
Contes Kosaks............. 3 »

J. DANIELO.
Conversations de M. de Châteaubriand.................. 6 »

COMTESSE DASH.
Une Femme libre.......... 3 »

JULES DAVASSE.
Les Charmeurs de serpents. 2 »

N. DAVID.
Fleurs d'Espagne.......... 5 »

L. DE DAX.
Nouveaux Souvenirs de chasse et de pêche....... .... 1 50

A. DEBAY.
Encyclopédie hygiénique, 19 vol. 56 »

FANNY DEBUIRE.
Maurice Alliot............ 2 »

H. DELAAGE.
L'Eternité dévoilée........ 3 »
Le Monde occulte........ 1 50
Perfectionnement physique de la race humaine........... 1 50
Les Ressuscités au ciel et dans l'enfer....·............. 5 »

DELAUNAY.
Les Actes des apôtres...... 2 »

ALFRED DELVAU.
Les Amours buissonnières.. 3 »
Les Cythères parisiennes.. 3 50
Histoire des cafés et cabarets de Paris.................... 3 50
Les Barrières de Paris..... 3 50

DESBORDES-VALMORE.
Poésies inédites........... 5 »

CH. DESLYS.
La Loi de Dieu........... 3 fr.

G. DESNOIRESTERRES.
Les Cours galantes. 4 vol... 12 »
Les Talons rouges........ 2 »

LOUIS DEVILLE.
Aventure sur la mer Rouge. 3 50
Excursions dans le Cornouailles. 2 »
Semaine-Sainte à Jérusalem 2 »

A. DOZON.
Poésies populaires Serbes. 3 »

MADEMOISELLE ERNESTINE DROUET.
Caritas................... 3 »

DUBOIS DE GENNES.
Le Troupier tel qu'il est.... 3 »

DUC DE D***.
La Fée Mignonnette......... 2 »

A. DUPEUTY.
Où est la femme?.......... 3 »

A. DURANTIN.
La Légende de l'homme éternel. 3 »

C. DUTBIPON.
La Commissionnaire de Bezange. 3 »

GEORGE ELIOT.
Adam Bede. 2 vol........ 7 »
La famille Tulliver. 2 vol.. 6 »

ENFANTIN (le Père).
Correspondance philosophique. 4 »
Correspondance politique. 1 »
Science de l'homme....... 9 »
La Vie éternelle........... 4 »

ÉT. ÉNAULT.
Comment on aime........ 3 »
Le Dernier amour........ 3 »
Histoire d'une Conscience. 3 »
Le Vagabond. .... 2 »

LÉON ESCUDIER.
Littérature musicale....... 3 »

A. ESQUIROS.
L'Angleterre et la vie anglaise. 3 vol................... 9 »

JOSEPH D'ESTOURMEL.
Souv. de France et d'Italie. 4 »

J. FAVEREAU.
A vol d'oiseau. France, Italie 4 »

G. FERAI.
La Famille............... 3 »

PIERRE DE FERLAT.
Iba, Souvenir intime....... 3 »